BAGAGEIRO

BAGAGEIRO

MARCELINO FREIRE

2ª edição

JOSÉ OLYMPIO

Rio de Janeiro, 2020

CIP-BRASIL. CATALOGAÇÃO NA PUBLICAÇÃO
SINDICATO NACIONAL DOS EDITORES DE LIVROS, RJ
F934b

Freire, Marcelino
Bagageiro / Marcelino Freire. – 2. ed. – Rio de Janeiro:
José Olympio, 2020.

ISBN 978-85-03-01357-4

1. Ficção brasileira. I. Título.
18-49828
CDD: 869.4
CDU: 82-4(81)

Meri Gleice Rodrigues de Souza - Bibliotecária CRB-
7/6439

Copyright © Marcelino Freire, 2018

Projeto gráfico de miolo e capa: Thereza Almeida

Todos os direitos reservados. Proibida a reprodução,
armazenamento ou transmissão de partes deste livro,
através de quaisquer meios, sem prévia autorização
por escrito.

Texto revisado segundo o novo Acordo Ortográfico
da Língua Portuguesa.

Direitos exclusivos desta edição reservados pela

EDITORA JOSÉ OLYMPIO LTDA.
Rua Argentina, 171 – Rio de Janeiro, RJ – 20921-380
Tel.: (21) 2585-2000

Impresso no Brasil

ISBN 978-85-03-01357-4

Seja um leitor preferencial Record.
Cadastre-se em www.record.com.br e receba informações
sobre nossos lançamentos e promoções.

Atendimento e venda direta ao leitor:
sac@record.com.br

*Tudo o que eu aprendi foi
andando de bicicleta.*

Virginia Woolf

*De quem era esta
outra epígrafe
que estava aqui?*

Para minha única irmã,
Maria de Fátima Nunes.

E para outras irmãs.

*Ao mestre
Raimundo Carrero.*

*Também para
Francisco Brennand.*

BAGAGEIRO
ENSAIOS DE FICÇÃO

voar

é

o

que

me

põe

de

pé

ENSAIO INICIAL
SOBRE A POESIA

Sou poeta.

Se sou.

Quem disse que eu não sou poeta está mentindo. Está ciscando em outros quintais. Quem disse que eu não sou poeta, aliás, nem quintal tem. Tem biblioteca, livro grosso para leitura. O mundo, quem é que lê mais? Só as árvores centenárias leem. E eu também.

Poeta sou eu.

Euzinha.

A palavrinha que eu rimo, que faço toda manhã, enclausurada na casa, depois da vassoura, faço um café. Quem disse que eu não tenho direito à ousadia? Retenho umas formas, desenho umas questões. São borrões da fazenda miúda, miudinha.

Sou fazendeira do ar.

Tenho feijões no meu livro.

A propósito, não tenho livro. Quem disse que eu não sou poeta por causa disso? Só porque não detenho livro nas livrarias, não chamego prêmios no meu pescoço? Eu tenho Nossa Senhora, pendurada em mim, protetora do universo. Quem disse que eu não sou poeta? Só porque rezo e creio? Alguém aí sabe de cor uma ladainha? O Salve-Rainha como eu. Eu sou uma Rainha. A Rainha do Verso.

Não existe a Rainha das Astúrias? A Rainha do Concreto? A Rainha dos Oceanos? O Rei dos Jabutis? Lé com Cré? Nobel, Nobé? Eu sou mais eu. Euzinha, todo dia, no ofício. Aponto o lápis, faço a lição do lirismo. Acompanho a plantação das frases na página. A página do caderno, se vejo que está só, todinha em branco, eu vou e enterro lá minhas motivações.

Invenções.

Eu falo por exemplo da "chuvidade".

Fui eu que inventei a "chuvidade". São certeiros meus pronunciamentos. Gosto de anunciar aos quatro ventos o que o vento me traz. É tanta novidade. É só enxergar. Ouvir as montanhas, ao Sul. Eu ouço demais.

E estou velha.

E poeta velha é a melhor coisa. Poeta velha não tem medo. Porque já sentiu deveras. A morte do mundo. De tanta gente que se foi. A saudade dos apoios. Minha irmã, que vivia tocando flauta, era uma poeta. Morreu de febre amarela. Alguém aí já morreu de febre amarela?

Agora me digam. Quem tocava flauta feito ela não era uma poeta? De categoria? E morrer de febre assim, perto de mim, não dá em mim uma mensagem? Uma linguagem? Todo santo dia minha irmã afinava a sua religião. Gostava de se encostar naquela pedra. E os bichos gostavam·dela. As aranhas-caranguejeiras. As aves lavadeiras.

Saudade não é, por si só, poesia da melhor?

Sou poeta.

Porque tenho muito o que contar. Porque sei contar, aqui, no corpo do papel, buscando solução. Poesia é buscar solução para a emoção. Não tem nada a ver com matemática. Nem é número, não é ciência. É a expressão da dor. Cavucando, caduca. A dor que espinha em nós, que geme nos pés.

Já falei: faço um café. Às vezes um chá de cidreira. E visito umas coisas que eu lembro. Minha vó Maroca, na roça, trançando algodão. Fazendo almofadinha. Dizendo que aquela planta dava boneca. Como assim, vó? Esse pé, minha neta, é pé que dá boneca. E misturava o algodão com outros capins. Sim, com capim. E dizia assim: só para as bonequinhas não ficarem "se achando", de tão branquinhas as princesinhas. Percebe? Sei que não é culpa do algodão a cor que ele carrega. Mas cada nuvem branca lá do céu para mim só fica melhor quando escurece.

Isso não é lindo?

Acho lindo recordar os antigos momentos. Mesmo com sofrimento e poucas garantias. Sou poeta porque sei traduzir as injustiças. A saber: olhar na cara de qualquer jumento e absorver o que ele está dizendo. Eu aprofundo. Escrevo para aprofundar. A palavra me deu unha. E não falo, assim, de poder. Da palavra que põe gravata, não é nada disso o que eu quero dizer. Digo da palavra que me põe de pé, deu para entender? E me põe de cabeça forte. E o pensamento solto que ninguém domina.

Sou tradutora de idiomas, duvidam? Sei a língua dos insetos. De quatro asas, duas. Mugido. Barulho do pomar, daquilo que for fertilizante amar. Os passarinhos. O zunido da mosca também. O zique-zique do gafanhoto. O galicínio. Não é tão bonito dizer "o galicínio", "o clarinar"? Que tal testemunhar o galo cantar no meu terreiro? Minha página é meu terreiro.

Quem disse que eu não sou poeta?

Po-e-ta. Com todas as letras. Poetisa, por favor, não me venham com essa.

Poeta, na fé. Poeta e só. Poeta é para dois ou mais sexos. Eu falo de amor conjunto. Eu estou à frente. Uma vez um moço chegou vistoso, alinhoso, de chapéu. Desceu as botinas, deu boa-tarde. Olhou a minha casa, de riba a baixo. Minha irmã era ainda viva. E parou a flauta. E a gente ficou na esperança de ele falar por que motivo veio parar nessa esquina. O que tanto queria ele, na cumplicidade de seu cavalo estrelar.

Pediu água. Bebeu olhando para mim. Mais para mim. Talvez porque eu tivesse mais autoridade. Eu e minha poesia. Não que a música não tenha. A música de minha falecida compositora, irmã, era grande, muito amor sem tamanho, agora no céu ela está poderosamente harmonizando. Mas é que minha irmã fechava os olhos para compor, tocar. Só abria os olhos de vez em quando. Para olhar, assim, sem olhar. Eu olho como quem busca um caroço no outro. Quem me ensinou isso? O verso comprido. As artimanhas dos sonetos.

E ainda mais os versos livres.

As rimas pobres de doer.

Reparem só qual era a dele, a do moço que chegou. Mirou as panelas, o fogaréu aceso. Viu, lá longe, se havia comida para o cavalo majestoso.

Coçou o bolso, tirou o chapéu, ajeitou os instrumentos das mãos nos cabelos que ondulavam. Falou de pirão, almoço. Discursou sobre os tecidos mal engomados. Fazia tempo que não sentia o cheiro de um ferro esquentando a manga de uma camisa.

O que ele queria?

Poesia é que não era.

Errou a estrada. Porque sou sobretudo mulher quando escrevo. Trago nos meus desejos os desejos de minha mãe. A linda Filomena. Eu sou poeta porque meu poema não começa no poema. Ele vem chamuscado de violência. Digo logo a qual sangue pertenço. Isso não é literatura? Eu penso que sim. Quem vem dizer o contrário? O moço do cavalo, o cavalo do moço? Esses eu mandei pastar. Não preciso de coisa assim, estruturada. Não preciso de economia. O moço parecia um gerente de estatal. Parecia um prefeito candidato. Um juiz agropecuário.

Neca.

Não se meta com poeta, seu malfeitor. Serei eu sua escrava?

Poesia não tem dono. Poesia é esse molambo que eu uso. Essas flores na minha mesa. Esse jeito de me arrumar para a palavra. Ponho até loção e deito. Buliçosa. Quando escrevo uma poesia nova, tive um parto. Deixei um menino nascer. Uma planta progredir. Uma vingança acontecer.

Meu pai, vejam, viveu de dever. A gente perdeu muita mobília. A gente se humilhou para comer. Essa verdura, verdinha, foi toda conquistada. Os portões do meu quarto. As janelas dos meus sonhos. Não foi de graça. Meu pai, durante muito tempo, ia à cidade. Contava as moedas, os juros aumentavam. E a cara que ele fazia, aquele desânimo. Atolado em dívidas, não caminhava. E cada vez mais era isso o que o sistema queria: meu pai azulado, sem memória. Porque perdeu a disposição. Porque se sentia um fracassado. E tendo todo esse riacho, esses bichinhos a seu favor. Acreditou nos comerciais, nos jornais, nos escritórios imobiliários. Só não destruiu mais a nossa herança legítima porque eu cresci. Minha irmã, flautista, chegou junto. E fomos, aos desmantelos, pondo cada coisa em seu lugar. A poesia ajudou a multiplicar. Somos falidas para outras riquezas, compreendem a beleza? A gente sabe onde fica o chão do nosso lugar. A arte faz isso. Recupera. Não é essa demência que querem nos vender. De que a arte não serve, a arte é para vagabundos. Bêbados. Eu só bebo água da boa, que cai ali, sem engarrafar. Vivo com o tempo que o tempo me dá.

E eu me sento, plena, se depender de mim todo dia triunfa um poema.

Sou poeta.

Quem disse que eu não sou deve bater na boca. Quem disse que eu não sou não presta.

É tu?

É você?

Vem qualquer um falar isso para mim, na minha cara. Vem com todos os dicionários à mostra. Chega e traz as moratórias do terceto, do quarteto. Traz as argumentações gráficas. Traz os testamentos acadêmicos. Anuncia as provas. Que eu te faço sentar. Até te trago um café. Só para, diante de teu nariz, o café esfumaçar. Este cheiro que vem desta terra aqui. Essa mesma que frutifica as linhas do meu caderno. E nem vou te mostrar qualquer verso. Não perderei hora querendo a sustentação de quem não tem a postura genuína, o sol nascido no peito. Até no jeito de apontar o dedo, fazer assim com a mão, és um homem feio.

Mas vou te respeitar.

Só por um instante, sério. Vou dar a chance de você prospectar. Falar dos livros que tem em casa. Das estantes que se aglomeram. Dos rigores dos altares italianos. Sei que sempre irão falar dos intelectuais romanos, espanhóis. Defenderão o estudo atento. Ninguém nasce vencendo. É preciso, senhorinha, acompanhar os cânones.

Estava bom o café? Pois aqui também fazemos o melhor chá.

E não pedirei para você, fulaninho, ficar um pouco mais, como faço com os animais. Aliás, a pulga chega e fica. O cachorro só sai quando se motiva, para outras tarefas se abana. As galinhas podem ciscar à vontade. As sombras, as frases. Essas vêm e agitam minha morada. Bem-vindas as fragrâncias, não quem cheira à bosta de vernáculo. Quem só gosta do que ele próprio escreve, em latim raro. Imortal não morre? Vive em qual cemitério?

Quando um incrédulo se vai, sem demora, até o ar melhora. Morre a repugnância. E impera a tarde. Sempre a tarde, no meu lar é primavera. Ouço a flauta da minha irmã, mesmo depois de morta comove a paisagem a toda hora. Sua bravura, sua toada. Um conserto com "s". Sua música vem fazer uma limpeza nas cinzas que a cidade deixou. Não venha pisar neste meu chão, porventura, quem não fez a lição da poesia. E quem, na vida, só quer ser professor.

Vejam aqui, no meu caderno. Ergui, com a luz dos meus mistérios, o templo do amor.

Sou poeta.

Se sou.

E já nem sei por que estou aqui, hoje, me defendendo. É só para ficar registrado em algum canto. Em algum voo de folha, pássaro. No tempo, no fundo do esquecimento. Enquanto houver poesia no mundo, podem apostar, fiquem vocês sabendo, eu estarei lá dentro.

Eu estarei lá.

Estão ou não estão ouvindo a flauta tocar?

ENSAIO
SOBRE A MERDA

E se um ET chega aqui, agora, e me vê nesta posição, deste jeito, limpando a merda no chão, quem ele vai pensar que é humano, qual dos dois é racional, o animal, hein?

Foi assim: a senhora, ela não queria limpar a bosta do cachorro, a bolota na calçada, atrapalhando as compras, os vizinhos, o bairro tinha uma rua chamada Rua Purpurina, onde eu vivo.

É só um bicho, só um bichinho, repetia a mulher, o cachorro nem latia, desconfiado com certeza ele sabia o que tinha feito, aquele cocô preto, lambido.

Pois a senhora vai limpar sim, cadê a bolsa, o plastiquinho?

Olha bem se eu ando com essas coisas. Cagou, cagou. E depois a chuva leva. Não vê a enxurrada que é aqui na Vila quando cai uma gota?

A correnteza lava.

Não é certo. A senhora acha correto o povo pisar em merda?

O povo?

Olhou para o mendigo sentado à esquina da Rua Girassol. Tudo no meu bairro é Rua Girassol, Harmonia, Simpatia. O mendigo nem aí. Não era nem mendigo. Era guardador de carros.

Veja aquele ali, ela apontou. O cachorro dele deve cagar na rua e ninguém recrimina. Mendigo pode. Cachorro de mendigo pode. Quero também meus direitos. Os direitos do meu cachorro.

Cadê o Fórum?

O guardador de carros se aproximou. E se interessou pela ampla discussão. Não falou nada. O cachorro também não falou.

Eu vi a senhora uma vez, sentada em um café, com esse mesmo cachorro.

Agora anda me vigiando, é?

A senhora senta o cachorro como se fosse uma pessoa, serve a ele croissant e agora quer que a gente pise no croissant, fedido, que ele comeu? Porco!

Na hora do "porco", o cachorro subiu as orelhas.

Eu sou uma mulher sozinha.

28

Na Purpurina moram pessoas sozinhas. Eu sou uma pessoa sozinha, a mulher reforçou. Achei o argumento bem racional. Eu também sou uma pessoa sozinha que mora na Rua Purpurina, pô!

Quando você me vê tomando café com o meu cachorro, você queria que eu estivesse tomando café com quem, com o seu pai? Se eu fosse sua mãe eu diria para respeitar os mais velhos.

Eu respeito os mais velhos desde que os mais velhos respeitem o meu direito de ir e vir em uma calçada, no mínimo, civilizada.

Olhe só para esta calçada. Com esses buracos todos, é uma calçada civilizada? O cocô do meu cachorro, se comparar, é até uma flor. Um charme.

Um luxo de croissant.

O cachorro deu vontade de cagar de novo, mas a mulher puxou, discreta, pela coleira. Ficou animada com a retórica. Tinha sido advogada, mas nunca advogou. Ia deixar, sim, ora, ora, a merda ali.

E resolveu seguir.

O jovem bloqueou a saída. O guardador de carros e um menino com um pandeiro na mão ajudariam no bloqueio, creio. Eu, por enquanto, não havia tomado partido. Um escritor é sempre um filho da puta. O mundo pode cair. A coisa pode feder. E ele nem aí.

A senhora não sai daqui enquanto não limpar o que o seu filhinho aí depositou.

O cachorro não gostou do "filhinho" e bufou.

Muito cachorro vive sozinho na Rua Purpurina. A solidão é igual para todos. Ou pior.

Por que esse menino não limpa? Menino, vem aqui, tira esse pandeiro da mão, põe a mão na massa.

O menino estava indo para aula de música lá no Nóbrega. Música dá futuro para quem? Eu te pago, bora. Vamos acabar logo com essa palhaçada. Daqui a pouco eu vou chamar é a polícia.

É a lei da Cidade Limpa, minha senhora.

Logo ali fica o Fórum.

Por acaso demorariam a manhã inteira naquele imbróglio?

Não demorariam.

O cachorro pensou em sentar um pouco, pertinho da merda. O guardador de carros já queria voltar para seu posto de mendigo de classe média. O menino do pandeiro nem teve tempo de batucar uma resposta.

POU!

A luz paralisou tudo. Parecia um furacão cortando o céu. Um relâmpago invertido. Um milagre bíblico.

A Rua Purpurina foi sendo tomada por um brilho apocalíptico, vindo do alto. Em direção ao cocô. A nave espacial disparou um tiro de laser, azul. Fino e preciso.

O cachorro saltou para não ser atingido. Enrodilhou-se, apavorado, latindo engasgado, tremendo mijado entre as pernas do jovem e as pernas da velha senhora.

Quando viram, o jovem e a velha, os dois sem entender, estavam meio que abraçados, sem querer amarrados pela mesma corrente da coleira.

O ET havia transformado a merda em cinza. A merda agora já era. O resto sai na purpurina.

O resto, terráqueo, é besteira.

ENSAIO
SOBRE XS OUTRXS

Fuuuuu!

– O corpo virou uma flâmula.

– Estava irreconhecível à porta da Federação.

– Chegou chamuscando da rua para dentro.

Fuuuuu!

– Arriscou-se.

– Pólvora em polvorosa.

– Parecia um carvão.

– Era negro?

– Nem sei se era homem. Veio vestindo um moletom. E a cara disfarçada por debaixo da touca, na sombra.

– Correu urrando.

– E pelo urro, não dava para ver se era mulher?

– Todo sexo e urro ficam iguaizinhos embaixo de um moletom.

– E embaixo de uma touca.

– Virou uma tocha em um segundo.

– E agora aqui está, Meu Cristo, o corpo quase um papel.

– Uma fogueirinha de osso.

– Pega um balde, vai.

– Epa! Não se pode jogar água não.

– Já chamaram os bombeiros?

– Já chamaram a polícia?

– Já chamamos, já chamamos.

– E os Movimentos, já chamaram?

– Teria sido um traveco?

– Era hétero.

– Como sabe?

– Aquilo não é uma cueca?

– Eca! Ave!

– Era um estudante de artes plásticas.

– Que arte?

– Virou, olha aí, uma instalação.

Fuuuuu!

– Sei não.

– Se for um estudante, coitado! Desgraçar o futuro assim, num palito.

– Só vi coisa parecida nos Estados Unidos.

– O Brasil está virando os Estados Unidos.

– Não seria menos dramático ter feito uma greve de fome?

– Mais greve? E mais fome?

– Eu nunca vi um corpo assim, ao vivo, queimado.

– Uma testemunha disse que essa pessoa saiu de um ônibus, vindo do Largo da Batata.

– Tá explicado. Aí a batata assou.

– Por que, neste país, tudo acaba em piada?

– Não é em pizza?

– Tô pensando aqui se ele (ou ela) tivesse tocado esse inferno dentro do ônibus. Não vivem queimando ônibus?

– Coisa do Diabo.

– Ninguém vê evangélico protestando.

– Muito menos católico.

– Quem protesta não acredita em Deus.

– Mas alguém jura que ouviu o suicida (a suicida) gritar o nome de Deus. Antes de virar isso aqui.

Fuuuuu!

– Não reconhecemos extremistas.

– Nem fanáticos.

– Tenho certeza, hoje já tem filmagem exclusiva vazando na Rede Globo.

– Na internet já não tem?

– Alguém sempre filma. Estamos filmando aqui, por exemplo, só o que sobrou aceso.

– Será que era um índio?

– Um índio não se queima, aqui no Brasil ele é queimado.

– Então será que foi um assassinato?

– Uma vítima do agronegócio.

– Virou uma sementinha, meu Jesus. Do pó ao pó.

– E esse cheiro insuportável!

– Acho que era uma mulher.

– Como sabe?

– Quem entende de cozinhar, meu brother? Mulher.

– É, tem razão, então é a puta da tua mãe, machista desgraçado, fumegando.

Fuuuuu!

– Eu acho que era um homem, sabe? Algum filhinho de papai que acha bonito ser super-herói, saca? Aposto que assistiu a essa cena no cinema.

– Não reconhecemos filhinhos de papai.

– Nem branquinhos.

– Mano, foi um mano. Mano tá acostumado a queimar pneu, a queimar favela, a queimar fumo.

– Drogado, não tenho dúvida.

– Vai com esse papinho na quebrada que te queimam logo, pá, te riscam do mapa, a chapa esquenta pro teu lado, meu chapa!

– E nada dos bombeiros.

– E nada da polícia.

– Ninguém está aí para nada.

– Morreu virou cinza.

– Será que foi com isqueiro?

– Se foi com isqueiro, o isqueiro já derreteu.

– Com fósforo seria arriscado. Pode não pegar. Nessa avenida bate um vento de lascar.

– É preciso ser muito teimoso. Ser muito revolucionário para o fogo vingar.

– Era contra o quê?

– O quê?

– Qual a causa do companheiro?

– Foi um atentado contra a Petrobras, creio.

– Mas como ser contra a Petrobras usando gasolina?

– Não pegaria bem.

– Pelo jeito, foi gás. Ou água raz, ou thinner, querosene.

– Emirados Árabes.

– Como?

– Onde tem tudo isso aí, querosene, álcool, me diz. É nos Emirados, tudo por um triz.

– E se a gente se juntasse e rezasse?

– Em árabe?

– Não, em português mesmo, pela alma do infeliz.

– Ou da infeliz.

– Homem, mulher, toda alma é alma.

– Ave-Maria, cheia de graça.

– E se era um ateu, uma ateia?

– A gente reza mesmo assim. Quem quer que seja, não está mais aqui para protestar.

– Por que em vez de rezar a gente não pega uma pá?

– Para quê?

– O bombeiro não chega, não vem a polícia.

– Vamos nós mesmos recolher o pobre do corpo.

– É isso aí.

– E jogar essa coisa onde? No lixo?

– O que você faz com capim? O que faz com resto de floresta? Com cinza de cigarro?

– E com comunista? Porque era, sim, comunista. Só comunista para fazer uma merda dessa.

– E lugar de comunista é no lixo.

– E se fosse seu filho, sua filha?

– Ensinei para o meu filho, para a minha filha, desde pequeno, para não brincar com fogo.

– Mas não tem jeito. Eles sempre se queimam.

– E dizem que fazem isso em nome do Brasil.

– Em nome do Brasil, puta que pariu!

– Só se for Brasa, Brasil.

Fuuuuu!

ENSAIOS DE FICÇÃO

Clarice Lispector não era boa em título. Pedia conselho para Fernando Sabino. Uma vez ela quis chamar um novo romance de *A veia no pulso*. Sabino a fez desistir. Vão pensar que é aveia. Ela também, secretamente, consultou João Cabral. Ele adorou o *A veia*. E ainda, em carta, perguntou: quem foi o errado, Clarice, o idiota que falou isto para você?

•

Este meu livro parará em uma estante de ensaios. Pensarão que eu penso.

•

Quem usa o verbo pensar não pensa.

O escritor escreve para adivinhar o pensamento das pessoas.

•

Pensamento das pessoas não é redundância?

•

Os bichos pensam melhor quando não estão pensando.

•

Clarice acabou dando ao romance o título *A maçã no escuro*.

•

Hoje todo mundo quer ter ração.

•

O primeiro ensaio deste livro é sobre poesia. Podem colocar este livro em uma estante de poesias. Se houver.

Cadê o Manoel de Barros que estava aqui?

•

Se ele não está, eu também não estou.

•

Liguei para Manoel de Barros para dar os parabéns pelos 50 mil reais que ele ganhou. Não havia prêmios, à época, com essa quantia toda. O *livro sobre nada* foi o vencedor. Eu disse, ao telefone: Manoel, escrever sobre nada e ganhar isso tudo. E ele riu. E me falou: minha poesia não gosta de dinheiro, mas o poeta gosta. Manoel era todo prosa.

•

ABRO RABO

•

Tenho a ideia de convidar escritores com cinquenta anos. Para uma antologia pornográfica chamada *Cinquentões de cinza*.

Tente escrever um conto erótico sem usar carícias, arrepios, intensamente, loucamente, falo ereto, peitos intumescidos.

•

Eu já fiquei de pau duro lendo a Bíblia.

•

Adoro criar epígrafes para meus livros.

•

"Prefiro a solidão dos ensaios."
I. M. Moskvín, ator russo.

•

Ninguém vai procurar no Google para saber se Moskvín existiu.

•

Mas que ele em algum momento falou isto, ah, ele falou.

A solidão dos ensaios teria sido um bom título para este livro.

•

O público estraga os ensaios.

•

Poesia ruim é aquela que fica esperando o leitor chegar.

•

Aberto está o inferno é o título de um livro do saudoso contista sergipano Antônio Carlos Viana, colhido na obra de Franz Kafka.

•

Quando chegamos a um conto, aberto está o inferno. Quando saímos de um conto, aberto está o inferno.

•

Adeus ao Diabo.

Um conto termina quando um outro conto está começando.

•

Um romanasce.

•

Se você não sabe o que está escrevendo, não venha perguntar para mim.

•

Só escreva com palavras que você consiga vestir. E sair com elas à rua.

•

Eu não saio com um pretérito-mais-que-perfeito pendurado no pescoço.

•

Arara é o único pretérito-mais-que-perfeito que eu uso. Mesmo assim porque é substantivo.

Almeida Faria não deve ter gostado da edição de *A paixão* pela Cosac Naify. Cada parte do romance a editora colocou em um papel de cor diferente. "Manhã", "Tarde" e "Noite". E o trabalho que este genial escritor português teve para amanhecer, entardecer e escurecer cada um dos verbos.

•

Gênio, oxigênio.

•

Sim, existe gênio português.

•

Escritor não conta uma piada. Escreve uma piada. Quem me contou essa foi Raimundo Carrero.

•

Carrero confundiu Paul Auster com o gerente da pousada em Paraty. Ora, Carrero alegou, tomar café da manhã de óculos escuros. Só podia ser o gerente da pousada.

Tem uma hora que a festa acaba. Melhor ir embora antes de ter de recolher os copos, acordar os bêbados, livrar-se dos cigarros, limpar todos os vômitos.

•

Valter Hugo Mãe compara final de festa ao final de um romance. Quando acaba a diversão, está na hora do ponto final.

•

O ponto final é onde tudo começa.

•

Escritor não escreve com pontuação. Escreve com pulsação.

•

Parem de achar que Saramago foi quem descobriu a frase sem vírgula.

Quem descobriu a vírgula foi Clarice Lispector.

•

Cada escritor escolhe uma pontuação de estimação, assim, para criar.

•

Clarice é vírgula. Graciliano Ramos é ponto. Ra-
duan Nassar é ponto e vírgula. Guimarães Rosa
são dois-pontos.

•

Grande sertão: veredas.

•

Os dois-pontos do *Grande sertão* são a porta de
entrada para o romance. São por onde a gente entra no grande portal. São um sinal alienígena.

•

O artista vive de contrastes.

Quando, no começo da carreira, anunciavam ao palco o cantor, compositor e pianista cubano Bola de Nieve, não o imaginavam negro, gordo, gay, baixinho. Por isso ele assinava Bola de Nieve, não Ignacio Villa.

•

Procure no dicionário Glauco Mattoso.

•

Comece a escrever seu próprio dicionário. Evandro Affonso Ferreira faz tempo que tem os dele.

•

Conto = Manhã
Crônica = Tarde
Romance = Noite
Poesia = O dia inteiro

•

Rubem Braga, ao que parece, foi quem falou: crônica é tudo aquilo que eu escrevo de bermudas.

Exercício: tire a roupa, vá ao espelho e descreva para si o que você está vendo.

•

João Silvério Trevisan faz tempo que nos tira a roupa.

•

– Qual gênero você escreve?
– Gênero humano.

•

A vida é muito curta para ser pequena. Usei essa frase, do poeta Chacal, em um livro meu. Alguém veio me acusar de plágio. Foi uma homenagem que eu fiz. Falei para o Chacal, que me disse que a frase também não é dele.

•

Paulo Lins roubou José Lins do Rego. Machado de Assis roubou o autor de *Viagem à roda do meu quarto*. Guimarães Rosa roubou Euclydes da

Cunha. Hilda Hilst roubou muitos mortos. Todos cumprem pena em liberdade.

•

Escritor marginal mata escritor imortal.

•

Neste caso, foi em legítima defesa.

•

Terminei um conto com a seguinte frase de Millôr Fernandes: "a vida é um suicídio devagarzinho". Avisei e dediquei o conto para ele. Um resenhista destacou a frase como a melhor do meu livro inteiro. Sem saber que o autor era o Millôr. Sou medíocre ou não sou?

•

Sou seguidor da Bíblia do Caos.

•

Dalton Trevisan escreve na velocidade da sombra.

Herberto Helder diz que todo escritor traz consigo uma caixa de velocidades.

•

Leia muito soneto na hora de escrever um romance.

•

Soneto é feito de vibração. Romance também.

•

Uma vez fiquei olhando para um vibrador. Mas não tive coragem de sentar.

•

Não se escreve sentado. Escreve-se caminhando.

•

– Posso enfiar o dedo no seu cu?
– Seu dedo está limpo?

Tire a gravata na hora de escrever.

•

Escrever com mãos de agricultor.

•

Manuel Bandeira chegou ao hospital. Estava deitado em uma maca e o médico, conhecido meu, não o reconheceu. Um poeta na maca não é um poeta, me disse: "era só alguém que estava morrendo."

•

Segundo a Wikipédia, Manuel Bandeira morreu de sangramento gastrointestinal.

•

Quem cuidou da minha mãe foram os escritores Wilson Freire e Ronaldo Correia de Brito. Em um hospital público do Recife. Ronaldo disse que ela teve uma boa morte.

Eu só conheci Ronaldo e Wilson porque escolhi a literatura. A literatura que eu escolhi cuidou da minha mãe até o final de sua vida.

•

Os alunos da oficina de criação literária de João Gilberto Noll estranharam ele não ter aparecido àquela tarde. O escritor estava morto em seu apartamento.

•

Eu coordeno oficinas por este motivo. Um dia darão por minha falta.

•

No dia que eu morrer, não confiem na crítica que fizerem a meu respeito.

•

Toda crítica já morreu antes de mim.

João Antônio passou quinze dias morto em um sofá. Pensavam que ele estava esquecido na sarjeta ou em alguma mesa de bar.

•

Por via das dúvidas, também me procurem por lá.

•

Minha pontuação de estimação é a interrogação. Mas não tenho muita certeza disto.

•

Pedi um minuto de silêncio. E peidei.

ENSAIO
SOBRE A PROSA

Este caçote de menino, trepeça dos diachos, onde chafurdou?

Onde foi a forgança? Onde foi o forró em que o nó aqui de tua calça esfolozou?

Isso é de tanto furar caatinga. Distambocou a correr, levado no fiofó. Na tal da bicicleta, destrambelhada, nem viu arame, espinho de flor.

Nem se fosse um jumento, vem cá, que eu te aliso, dou um jeito no remendo, a última vez, neste calor do sol, eu te prometo, brebôte, bregueço.

Meu Deus dos Infernos, põe a linha, que tu tem olho melhor, mesmo com o dia quilariado, não enxergo, não enxergo, parece que levou uma bala de raspão, ai se eu te pego em confusão, lá pro lado da professora, uma vergonha um menino que não aprende a se vestir, correto e zeloso, assim na frente dos outros.

Levou coice de mula parida? Vai, avia. Põe aqui a linha na minha máquina industrial. Antes que eu desista, tanta coisa para rezar, uma roupa de um exército inteiro, botão, bogó, borracha, roupa feita à mão, brim, saco de estopa, depois da chegada dessa geringonça não paro de trabalhar, ainda bem, mas tu vem aqui me empatar, é a milionésima vez neste mês, o mesmo furo, este fundo morto, olha se não é um cemitério a prega da tua calça, quanta estrovenga, eu já te disse, não te compro outra vestimenta, para aprender quanto custa uma roupa, pensa, pensa.

Tatatatá.
Tatatatá.
Tatatatá.

A cor que eu uso para os enterros, meu luto, é azul. Quase uma nuvem, como se eu visse a alma ascender, eu ajudasse na travessia, fosse algo campestre à tardinha.

O avião pousou na faixa. Os pneus me fizeram chorar. Um arranhão e eu estou de volta. Do aeroporto, direto para o velório. Eles atrasaram a cerimônia só para me esperar chegar. Meus óculos disfarçam os olhos, os olhos são os mesmos, solitários. Minha mãe falava que eu tinha olhos de dengo, caquiado, meio incuído.

Não é que se tornou um escritor? Foi o cuxixolo que eu fiz, a toda hora, na murnura, de madrugada, assim que o sol batia na janela, a prece, apressa, ela juntava a quartinha d'água, a foto do Santíssimo e os pedidos.

Meu último livro foi lançado na semana passada, depois de dez anos de seca braba, nas entrevistas me perguntaram sobre as influências, por que um livro de ensaios em vez do romance prometido. Citei Michel Foucault e sua *História da loucura*. Nem sei bem por que citei Foucault. Eu tenho andado muito triste. Daí veio o telefonema. Na verdade, eu deveria ter citado o Camus. Minha irmã, Bernarda, quem me avisou.

Nossa mãe.

Tatatatá.
Tatatatá.
Tatatatá.

Aprume-se, positiva, com os pés no piso, se encoste aqui, filha, as costas na parede, não caia, essa parede está carecendo de reforma, se o dinheiro der, eu pinto, depois do seu casamento, porque eu já vou gastar o que não tenho, tu vai ficar uma noiva esplendorosa, uma rosa, impetuosa.

A fita métrica por debaixo dos braços, tão mocinha, por cima do busto, esses peitos pequeninos, ô, família para não ter peito, em compensação o teu pai ganhou, com a idade, umas mamas vergonhosas, nem lembra mais o moço de briga que eu conheci, da mesma diabrura do cangaceiro Juriti, Besouro, Candeeiro.

Antigamente, eu só de olhar sabia a medida do quadril, a anca da noiva, agora é só nos instrumentos de medida, 18 a 23cm abaixo da cintura, olha se não é, me ajuda, que é muito número, prefiro dar de ouvido ainda à experiência, aqui amarro um fio em redor do tronco, a curva natural de tua cintura, ô, minha filha, a primeira que vai sair de casa, Bernarda, teu futuro marido não pode te ver antes da igreja, minha laranjeira, vai sentir a falta da tua mãezinha aqui, vai, não vai?

A cheirosidade dos panos, ainda virgens, a oficina do amor tem nobreza de óleo de máquina Singer, foi a princesa Isabel quem autorizou a entrada da máquina de costura, sabia, não sabia, eu também sei de certas coisas, sei conversar, não foi ela quem também tirou nossos primos da escravatura, a gente é da parte mais índia da família, tua avó era uma cigana camaiurá, vó Maroca, no céu está, tão bem vestida.

Linda, meu filho, que a tua irmã fica, foi do jeito que deu para eu enfeitar o vestido branco dela, festiva.

Tatatatá.
Tatatatá.
Tatatatá.

Dez anos até a publicação deste novo livro e dez anos que eu não via o aglomerado de parentes e seus gestos dementes, tomados, todos, por uma nervura peculiar. Nordestinos são bons em máscaras dolorosas. Fazem beiços, repuxam o fôlego para baixo, respiram mexendo as axilas. E suam em cima do caixão, mais do que as velas, ceras.

Abriram passagem para eu entrar. Ainda de óculos, me revistaram, discretos, da cabeça aos sapatos. Nem uso sapatos. Nunca quis usar. Meus tênis são azuis, com algumas listras em arco--íris. E vejo que alguém achou neles uma grande novidade.

O sinal da sexualidade.

Esse menino, quando vai casar? Ele, mulher, foi quem mandou pagar todo o funeral da mãe.

Hoje é respeitado naquilo que faz. Tem leitores e fãs. Sabe aquele prêmio? Pois ganhou.

Estava uma santa.

O cabelo grisalho com uma pétala, ali, dormindo entre os fios. Toquei nas suas mãos, dobradas. O choro aumentou à minha volta. O Nordeste é muito solidário. Dentro de mim, um silêncio trevoso. Descompassado. Cadê as palavras dela, minha mãe muda, dura e descansada? A quem eu nunca mais ouvirei, senão na memória o ruído de sua fala, o jeito de sua reza, as broncas líricas, os sonetos em sua voz, os gritos eram poesia pura.

No seu novo livro, o senhor dá algumas alfinetadas no mundo literário, conta causos, traz revelações de bastidores, como é mesmo aquela frase atribuída a Saramago?

Minha mãe estava parecendo José Saramago. Mas um Saramago mais sorridente, quando ele beija a fronte de sua mulher, Pilar.

Eu gosto mesmo é da língua portuguesa.

Mas tem aquele conto sobre os índios.

Aquele conto não, por favor, aquele ensaio, é melhor que se diga.

É um ensaio sobre os índios.

Não seria incorreto colocar-se, o senhor, um homem branco, no lugar dos índios?

Este conto acabou caindo fora do livro.

Tatatatá.

Tatatatá.

Tatatatá.

A roupa de brim para Fabiano (...) Sinhá Vitória, enfronhada no vestido vermelho de ramagens (...). Os meninos estreavam calça e paletó. Em casa sempre usavam camisinhas de riscado ou andavam nus.

Macabéa deveria ter ficado no sertão de Alagoas com vestido de chita e sem nenhuma datilografia.

Antônio Conselheiro era uma lenda arrepiadora (...) Ali, a sua fisionomia estranha: face morta, rígida como uma máscara, sem olhar e sem risos; pálpebras descidas dentro de órbitas profundas; e o seu entrajar singularíssimo; e o seu aspecto repugnante, de desenterrado, dentro do camisolão comprido, feito uma mortalha preta; e os longos cabelos corredios e poentos caindo pelos ombros, emaranhando-se nos pelos duros da barba descuidada, que descia até a cintura.

Saí e fui catar papel. Não conversei com ninguém. Encontrei com o fiscal da Prefeitura que brinca com a Vera dizendo que ela é sua namorada.

*E deu-lhe 1 cruzeiro e pediu-lhe um abraço. Pene-
trou um espinho no meu pé e eu parei para retirá-lo.
Depois amarrei um pano no pé. Catei uns tomates
e vim para casa. Agora eu estou disposta. Parece
que trocaram as peças do meu corpo. Só a minha
alma está triste.*

Tatatatá.
Tatatatá.
Tatatatá.

Bernarda deixou a toalha em cima da cama e
disse que iria fazer um café. Tirei a camisa azul e é
preferível que nunca mais a use, aquela roupa que
traz, nos poros do tecido, o peso da morte de quem
amamos.

Os cemitérios no Recife são muito poluídos.
O vento, durante os enterros a céu aberto, traz
areia e pó assassino. Entro no chuveiro e a água
sai muito fria. Nu, me reconheço ainda mais triste. No entanto, mais calmo.

Bernarda não teve filhos e vive agora com
uma companheira, depois de velha ela me falou
que a vida, com tamanha calma, resolveu lhe mostrar outros caminhos, aquele marido, ainda bem,
foi uma ilusão perdida. O passado é uma roupa
que não nos serve mais. Quem cantou isto?

No outro dia fomos à casa de nossa mãe, onde ela viveu sozinha, na companhia de uma menina pobre, moradora de Chão de Estrelas.

Alguns jornalistas têm me ligado para falar sobre os ensaios.

Um grupo de teatro já quer os direitos autorais. O seu livro me lembrou uma composição, uma teoria musical, uma defesa apaixonada da filosofia. Veio me dizer um dos atores da Modesta Companhia.

Eu andei lendo os ensinamentos de Michael Chekhov. Cada arte esforça-se constantemente para assemelhar-se à música.

O que eu escrevo é sim música, mas em decomposição.

Não venham dizer que escrevo histórias. Ou mesmo que escrevo memórias. Monólogos. Não é nada disto. Meus personagens não são travestis, garotos, negros, favelados, caciques, canários, gigolôs, garçons, pterossauros.

Meus personagens são as palavras. Eu costuro as palavras. Em permanente desalinhavo.

É isto.

Tatatatá.
Tatatatá.
Tatatatá.

Voltei a São Paulo depois de duas semanas e Misael veio me pegar no aeroporto e voltamos para o apartamento. Contei-lhe que, de minha mãe, fiquei com algumas fotografias, um Coração-de-Jesus, trouxe de lá uma imagem de Santa Catarina de Alexandria.

A máquina de costura viria, de caminhão, dali a uns vinte dias. O que fazer com ela? Ora, a gente deixa na sala, logo na entrada, é uma peça que não mais se fabrica, hoje tudo se compra pronto, um objeto tão lindo assim.

Por que seu livro demorou dez anos para sair? Essa é a pergunta que mais me fazem. Ou o que mais me dizem: não estou encontrando seu livro nas livrarias.

Tatatatá.
Tatatatá.
Tatatatá.

Cadê a carabina, tu deve ter vindo, pois, de uma guerra, na surdina, de uma guerrilha de serrotes, como pode, não vejo jeito, fosse um seminarista, crescesse para ser médico de bicho, não seria esse arruaceiro, ô, demônio, se aquieta, Antônio, é a última vez que te digo, vou te fazer o serviço, nesta minha máquina, parece que tu gosta é deste barulho de costura, gosta é de ficar aqui, comigo, rasga o cerzido para ficar de ouvido no som do meu trabalho, isso não dá futuro, está me entendendo, isso não dá futuro, Antônio, eu juro, na próxima, se tu vier, de novo com esse fundo da calça, assim, em frangalhos, eu não costuro, tu que se vire, besta danado, eu não costuro.

Sentei-me à beira da máquina de costura e movimentei a roda de mão e pus meus pés no pedal e o mesmo som, tão desigual, por dentro do apartamento, deu vida àquele móvel que, se eu deixar, se depender de Misael, virará apenas um objeto de decoração.

O que eu gostava descobri ali, alavancando as engrenagens, mexendo na caixa de bobina, na ausência da mulher que trabalhava, incansável, entre carretéis e linhas. O que eu gostava não era do seu ziguezagueado e do desalento em mexer, corpulenta, a minha calça de escola, destruída, o uniforme disforme que eu trazia para infinito franzido e enredamento, menino, tu, desgraça, tá mais para um tatu, saído esfolado, do fundo da terra, tão sujo igual carvão, piolho de cobra, do mesmo modo que uma unha de gato.

O que eu gostava, e a saudade agora me diz alto, da minha mãe, costureira, era de seu palavreado, entre minhas lágrimas de agora, e eu menino, cabisbaixo, em silêncio maravilhado, ouvindo meus livros, futuros, que eu escreveria, a partir daquela sua fala, em movimento.

Tatatatá.
Tatatatá.
Tatatatá.

Não é de hoje este meu livro novo, faz tempo.

ENSAIO
SOBRE A TELEVISÃO

Televisão não, mano doido, não me venha com televisão.

Domingão não, mano doido, não, que nada. O que passa na televisão, ainda não sacou? Alienação, sorteio de carro, eu pobre, nunca tive tênis de marca. Aí ficava ali, de olho na imagem. Maior sacanagem. Novela, eu queimava tudo, se eu pudesse, cenário. Viram como fazem? A gente, tudo marginal na tela, de barbante de ouro. Peito nu, como se a gente vivesse sem roupa. Já viu meu pinto, por acaso, por aí, dando sopa, mano doido? É grosso, pode apostar.

Pau no cu.

E como cozinham demais na televisão as velhas coroas. Tu acha, mano doido, que alguém ali na telinha da Globo já fritou um ovo? O fogão é tudo limpo, sem fogo. Feijão cru. Como é o nome mesmo daquele prato, cambada? Escargot. O povo com fome, assistindo e pensando que em casa, na real, todo dia só se come rato com farinha.

Olha, saca, eu fritava a apresentadora, o apresentador. Com gosto. Eu fritava vivo, na chapa, como aperitivo. Frango a passarinho.

Mano doido, escuta, entende o papo de uma vez, porra. Televisão não presta. Essa coisa que pega na padaria, na quebrada, no motel. Essa coisa que não desliga nunca. Quem filma a gente? Quem mostra só uma parte do problema? A televisão, a televisão. O verdadeiro ladrão é o de gravata, saca? Tu viu aquele dinheirão, a dinheirama? Nosso parça está lá, sem advogado. A televisão só mostra advogado de rico falando. E quando é a gente é a gente sem advogado. Com a cara lavada, encrencada, exposta. O repórter pedindo uma palavra nossa. A gente de cabeça baixa. Que palavra se diz de cabeça baixa?

Bando de arrombados.

E aquela casa do BBB?

Aqueles caras pulando na piscina, sem trabalho. Porque aquilo não é trabalho. Três meses dentro de uma puta mordomia. Por que não colocam os caras em uma cadeia e filmam? Paredão de verdade. Eu queria ver quem topava.

É fácil assim ganhar um milhão. Mais fácil do que roubar. Roubar é risco. Roubar não dá patrocínio.

E até dá. Vou te dizer.

Quem patrocina a gente constantemente, o nosso esquema, não quer mostrar a marca, o distintivo. Quem quer ter o nome assim associado ao crime? Eu te falo, mano doido, a gente não tá sozinho. É todo um conglomerado. Televisão não é também organização?

Um lixo, um lixo.

Um cara, da quebrada, honesto, lá no auditório, em frente das câmeras, é humilhado. Pode ver. Participa de uma gincana, faz lá uns malabarismos, dança um samba no caldeirão, balança um funk e leva cornetada na cara. Para ganhar o que no final, meu irmão? Uma passagem para aquele local, moçada. Qual que é mesmo o nome daquele local?

Orlando, ah, Disneylândia.

Numa boa, eu acho aquele Mickey um traíra. Se é para ser rato, que seja rato. Que seja homem, caralho, pelo menos uma vez na vida!

Nada de televisão, mano doido. Tá me ouvindo? Não vem com televisão. Detesto televisão. Eu tenho ódio mesmo.

Eu via, quando podia, aquela Sessão da Tarde. Atrapalhava o meu futebol aquilo. Por isso eu não me tornei jogador. Era uma mansão americana atrás da outra. Já viu como é uma mansão americana, mano doido, já viu? A Sessão da Tarde é só o que mostra. Mansão americana a toda hora. Isso foi o que me tirou as forças. Aquilo me desanimou a vida toda. Pobre. A televisão me deixou mais pobre do que eu era. Só de olho naquelas coisas. Eu também queria aquelas coisas. No Natal, ficava esperando.

E o Papai Noel no final do ano? Aquele velho safado. Não quero conversa. Todo Papai Noel é um tarado. Eu não deixo criança minha sentar no colo daquele velho. Aquele velho, faz tempo, põe na bunda da gente. E a televisão mostra o tarado chegando de helicóptero.

Um saco!

Natal é o comércio do mal. E alguém aqui, por acaso, pode me explicar o que é Missa do Galo? Alguém aqui acredita em exorcismo, alguém sabe aí, me fala?

Tenho orgulho de ser o maior capeta da vida real. O capeta.

Mano doido, é tudo igreja. Dinheiro de igreja católica, de igreja evangélica. Eu só vou acreditar nesses bispos no dia em que passar, ao vivo, um batuque, valente, o espírito de Zé Pelintra baixando. E aumentando a audiência.

Axé, axé. Duvido. Não gosto, detesto, mano doido, não ligo. É o que se tem de pior. Ouviu só?

Mas tu é uma boa pessoa, mano doido. Vou te dar o pó, ó. Mesmo assim, vou te dar o pó. De responsa.

Não é falso, você sabe disso, o serviço que eu entrego. Vou dar um crédito para a tua pessoa.

A moçada aqui tá de prova, numa boa. Fica esse sendo o nosso acordo. Espero que tu tenha aprendido a lição. Sem problema. Da próxima vez, você paga o que me deve.

Toma o pó, mano doido, vai embora. Só não vem me pagar com essa droga. Nada dessa droga, tá ligado, mano doido? Brother, meu irmão.

Pode levar, de volta para tua casa, esse aparelho de televisão.

ENSAIO
SOBRE O FUTURO

Eles começaram pelo quarto do bebê.

Reduziram o berço a um terço. Quebraram as grades infantis, furaram as almofadas, os penduricalhos caídos.

Nem têm filhos ainda.

Quem segurava o ódio ali daqueles pais, futuros?

Armarinho rosa, azul, tudo destruído. Quadrinhos de patos, pantufinhas. Enforcaram os palhaços espalhados.

Depois rumaram à cozinha.

Pratos ao ar. Voaram talheres, cadeiras, louças loucas pelo teto. O fogão de seis bocas eles só não queimaram porque começou a juntar gente. Quem era doido de chegar perto? Pinguins decorativos em cima da geladeira já eram. A geladeira gélida, de medo.

Chamem a polícia.

Já chamaram.

Copos, taças estilhaçadas. Cadeiradas nos vidros, nos potes de doce, vazios. Estavam endemoniados.

À sala, à sala.

E foram.

Pularam no sofá, novinho. Jamais usado. Eles nem eram casados ainda. Com uma faca, que trouxeram da cozinha, retalharam o estofado. A poltrona de velhinho ao canto. A espreguiçadeira. O aparelho de som, mudo.

E gritavam. E choravam.

Há quem diga que seja droga. Drogados os dois. E o primeiro que vier a gente mata.

Televisão na mão, como ele conseguiu levantar? E pá, longe. Chegaram a xingar William Bonner.

Socorro, socorro!

A sirene da polícia já vinha.

Mas ainda falta o banheiro, falta a piscina.

No banheiro, com um martelo, puseram a pia abaixo. As torneiras tortas. O box, o chuveiro. Os sabonetes. Os cortinados. A privada foi à merda.

O inferno na terra.

Nunca vimos uma coisa dessas.

A velocidade com que passava aquele verdadeiro furacão. Ele nem era tão alto. Ela, uma menina.

Cadê os pais dessas criaturas?

Na loucura, vez ou outra, depois de xingamentos, um beijava o outro.

Será que iriam cometer suicídio, para todo mundo ver, ali, ave nossa, olé?

Em nenhum momento apareceu um revólver.

Não, não estavam armados.

Era o corpo deles mesmo que fazia a desgraça. Um rapaz até tentou uma conversa. Não tem conversa.

E enrolaram-se nas toalhas de banho.

E seguiram, feito super-heróis, para o quarto ao lado.

Esquece da piscina. Era inverno.

A polícia acabou de estacionar. O povo à porta, perdido, aéreo. O povo não aprova violência de nenhum tipo.

Dizem que eles vivem juntos há pouco tempo.

Dizem que eles acabaram de perder um filho.

Dizem que eles já assaltaram um banco.

Dizem que eles trouxeram querosene.

Dizem que eles, ao final da quebradeira, explodirão uma bomba.

Melhor isolar a área.

Atenção, atenção.

E nada.

É como se a polícia nem existisse. Nem deram moral para o esquadrão chegando em batalhão. Já estavam os dois no quarto.

Lá, atiraram garrafas nos espelhos.

Jogaram tinta nos papéis floridos.

Guarda-roupas saqueados.

E não pararam por aí. Foram ficando pelados. Tão jovens e tão bonitos.

Ele tinha uma tatuagem de dragão. É isto. Um dragão drogado, bem que se falou. Estavam cheirados.

Ela, um peito rosa.

Flora.

Depois soube-se que ela se chamava Flora.

Ele, Julião.

Finalmente, deitaram-se no colchão e deram-se as mãos. E fizeram uma barricada, um em cima do outro. Um corpo só.

A polícia não teve dó.

Acertou-os com tiro de borracha.

Puxaram o casal pelos pés.

Foi muito difícil arrastá-los, desalinhá-los, separá-los.

A loja de móveis, destruída, teve de fechar àquele dia. Em que outros casais, mais felizes, procuravam decorar o futuro lar.

À procura de um lugar ao sol, assim, bom para se morar.

ENSAIOS DE FICÇÃO II

João Gilberto Noll sempre jogava fora as 80 páginas iniciais de um livro. Dizia que eram tão somente o combustível para o que viria. Um arranco. Para ele, um original só pegava no tranco à página 81.

•

Em que página estamos?

•

Se um leitor parar para olhar a toda hora o número da página em que está, o escritor terá fracassado.

•

Olhe, mas não me fale.

Mate um personagem só se tiver certeza de que ele continuará vivo.

•

Baleia e Macabéa são a mesma pessoa.

•

Macabaleia.

•

Personagem não tem só olho. Não tem só sorriso. Parem de usar boca e olho o tempo todo, porra. Virilha é uma ilha a ser descoberta.

•

Trocadilho parece o nome de uma roupa do século XIX.

•

Não vista seus personagens como se vestisse bonecas.

O escritor é um parasita. Cola no corpo do personagem e segue com ele.

•

O escritor Luiz Alberto Mendes passou mais de vinte anos preso. Ao sair da cadeia, não sabia mais andar na rua. Muitos ossos do corpo atrofiaram. Entraram em desuso. A vista escurecia cedo. Os verbos ficaram antigos.

•

Por que sempre usamos os mesmos verbos para presidiários, ex-presidiários, travestis, crianças, mães de santo, velhos?

•

Bom é escrever com verbos-morcego. São aqueles que vivem na caverna. Mexemos em um, trazemos outros à luz.

•

No princípio era o Verbo. A gente é que veio e estragou trazendo o resto.

Prefiro a palavra manga à palavra alegria. Dizia
João Cabral de Melo Neto.

•

Exercício: leia o poema *O mito*, de Carlos Drum-
mond de Andrade, para perceber como se cria
uma lista. Vai de rímel a marxismo.

•

No meio do caminho uma minhoca.

•

Escritor só faz lista para ir ao supermercado. Mesmo assim, esquece a lista em casa.

•

Há um supermercado da literatura. Onde você
compra lágrima, e vem o verbo "derramar" na
promoção. O verbo "esboçar" vem junto do sorriso (olha o sorriso aqui de novo). "Emoldurar"
está baratinho.

Corrigindo: escritor não faz compra no Carrefour. Ele vai à quitandinha. Lá é que ele encontra aquela manteiga, aquele tipo de queijo, só existe lá aquele tipo de farinha.

•

Escrever é inscrever.

•

Inscrever = inaugurar, instaurar, levantar do chão.

•

Edital não é um livro. O que estão escrevendo de edital por aí. Disse-me, um dia, o agitador e poeta Sérgio Vaz.

•

O cara não escreveu o conto, não fez a poesia, está apenas no esboço do primeiro parágrafo do primeiro capítulo de um possível primeiro romance. Mas já tem contratado um assessor de imprensa.

Se a imprensa anda mal, imagine o assessor.

•

Na literatura, o melhor agente é a gente.

•

Eu pareço Mãe Diná. É tanta coisa que eu falo aqui que uma hora eu acerto.

•

Conto = Outono
Crônica = Verão
Romance = Inverno
Poesia = Não é Primavera

•

Acertar é um erro.

•

"Quer ver? Escuta."
Francisco Alvim

Se autor cobrasse por epígrafe, os outros autores não usariam tanta epígrafe.

•

Eu compraria títulos como: *Abraçado ao meu rancor, Medusa de Rayban, Biofobia, Dois perdidos numa noite suja, Somos mais limpos pela manhã, Lamê, O cheiro do ralo.*

•

Ainda escrevo um livro chamado *O cheiro do rabo.*

•

Eu só ganhei o Prêmio Jabuti porque confundiram *Contos negreiros* com *Navio negreiro.*

•

Para ganhar prêmio, quero escrever um livro chamado *Grande Sertânia: Veredas, A paixão segundo GLS.*

Tem gente que escreve livro só para ganhar prêmio. E acaba ganhando.

●

Inscrevam este meu livro na falta de categoria.

●

Quando eu saía em algum jornal, minha mãe levantava o jornal para o céu e agradecia pela graça alcançada: "só de saber que meu filho, meu Deus, não saiu em uma página policial".

●

Na falta de espaço para resenhas, por que os escritores não ocupam o caderno Cotidiano?

●

O Caderno de Empregos. O Caderno de Política.

●

vi uma foto / de um livro meu / no jornal um dia cobrindo um corpo / que jazia

ENSAIO
SOBRE A EDUCAÇÃO

O apresentador deu boas-vindas à professora Nathália Negromonte. Soletrou o nome, pausado. Em reverência, triunfante. Da mesmíssima forma que dizia, para as câmeras, e para o público em casa, o nome de um amaciante. A marca de um desodorante. De um banco popular de empréstimos.

Nathália Negromonte merecia todas as homenagens, é certo.

A professora chegou ao palco. Vestida feito uma professora em sala. Saia cor de giz, uma blusa azul-marinho. Um suéter para o frio. E o estúdio tinha luzes quentes. A professora, a principal atração. O público a recebeu como quem recebe a uma mãe. As palmas eram fraternas. Mãos e braços e pernas. Decorados antes, nos ensaios.

Bem-vinda, superbem-vinda.

É muita emoção, demais.

Negromonte é de uma escola pública, de um morro ali perto. E faz um notável trabalho. Na fronteira de uma guerra, sempre, ensina às crianças como as crianças devem ser ensinadas: com afeto, respeito, tranquilidade.

Que bom que você aceitou o nosso convite.

A cada palavra do apresentador, uma imagem de olé era formada. A plateia estava, de fato, rendida.

A senhora sabe por que está aqui, não é?

Acho que sim.

Nathália não tinha certeza. Seria, ao que parece, sabatinada por uns estudantes. Escolhidos em escolas do Brasil inteiro. O programa continha uma representação social expressiva. Palmas, Boa Vista, Santarém, sertão do Ceará, uma cidade lá da Paraíba.

Logo em seguida foi anunciado, sem perda de tempo, o nome de cada aluno e aluna. Os adolescentes entraram debaixo de mais palmas. E sorrisos e acenos. Pululavam bolhas de sabão na tela da televisão. Os efeitos eram coloridos. Capricham bem na edição.

A professora ficou no centro. E os estudantes, eufóricos, como se preparados para um game, ao redor dela, cada um com uma prancheta. Seria uma roda-viva. Feito aquele outro programa.

Embora não fosse uma roda cheia. Mais uma meia-lua. Uma arena mais modesta em sua função de arena.

O apresentador tinha a expressão de um leão.

Anunciou o nome do quadro e rufaram os sons mais variados. Com vocês, vamos começar a Gincana do Conhecimento.

Estrelas pipocavam na tela. Seriam balas perdidas? Um vídeo, logo depois, mostrou um pouco do trabalho de Nathália Negromonte. Ela salva vidas. Senhoras e senhores, essa mulher salva vidas. Empunha o giz e escreve uma nova história.

Gostou da frase e a repetiu três vezes. Empunha o giz e escreve uma nova história. Empunha o giz e escreve uma nova história. Empunha o giz. E escreve. Uma nova história.

A educação brasileira não está mesmo morta.

Também gostou desta frase.

Agora a ideia eram os estudantes, ali, cada um começaria a fazer uma pergunta. A professora teria de acertar três questões para ganhar uma biblioteca. Atenção: isto mesmo, uma biblioteca. Na escola dela, amigos e amigas, sabe quem é a biblioteca? A própria professora é uma biblioteca.

O apresentador deve ter sido um bom aluno. Porque gostava cada vez mais da redação que lia. A própria professora é uma biblioteca. Duas vezes

91

mais repetiu, glorioso, o texto. Mas agora vamos dar a ela uma biblioteca física. Para isso, ela só precisará, senhoras e senhores, responder às perguntas destes alunos e alunas que escolhemos de escolas públicas, espalhadas por este imenso país.

Sem esquecer, é bom que se esclareça, que toda fala do apresentador era recebida com algazarra. A plateia era uma torcida organizada. A plateia valorizava o ensino democrático. O ensino que amplia nosso vocabulário, nossa visão de mundo.

A professora não teve, até aquele instante, por enquanto, muita oportunidade de falar. Até tentava, mas ali ela estava mais para escutar, calar fundo. Ela estava ali para que a fizessem chorar. E era bom, para o público em casa, é certo, ouvi-la pouco. Esse era o grande gancho emocional. Uma hora Nathália Negromonte vai desabar. Vai agradecer à família dela. Vai dizer por que escolheu essa tarefa desigual. Essa profissão tão pobre. Sacrificada e arriscada. Explicar como se pode devotar tanto amor a uma causa.

E ela só precisa acertar três das cinco perguntas para ganhar uma biblioteca. Cheia de estantes e de livros. Menos de poeira. O apresentador achou graça na própria piada. Sem humor ninguém absorve nada. A televisão precisa desses insights.

Vamos lá.

Muitas surpresas aguardam esta professora, guerreira. Esta brasileira genuinamente brasileira.

Você, Jonathan da Silva, de onde veio? De Palmas, Tocantins. Palmas para Palmas. E o apresentador mais uma vez riu. E as palmas nunca foram tantas palmas.

Vamos logo à primeira pergunta. Que pergunta você, Jonathan, preparou para a professora Nathália Negromonte? Olhe lá, hein? Está valendo uma biblioteca. Vamos ajudar.

Atenção, senhoras e senhores.

Qual o coletivo de artistas?

Coletivo de artistas? Nossa, Jonathan, que pergunta mais esquisita você fez para a professora. Esse menino de Palmas não está para brincadeira. O que acha, professora?

Nathália baixou a cabeça, não sabia se sorria ou se pensava. Eu acho que eu sei. Eu tenho um palpite. Mas não fale agora. Quais as opções, Jonathan? E Jonathan, coçando o nariz, feliz, foi falando rápido. Era um verdadeiro recreio aquele programa. Era muito legal. Não era chato igual aos programas que o pai dele assistia.

Letra A: coletivo de artistas é rebanho.

Rebanho.

Letra B: coletivo de artistas é bando.

Bando.

Letra C: coletivo de artistas é elenco.

Elenco.

E agora, professora?

E agora, senhoras e senhores? Façam as suas apostas. Em casa, nas redes sociais. Valendo uma biblioteca. Uma biblioteca novinha. Nós estamos ajudando a educação brasileira.

E aí, tem alguma ideia?

A professora, até, interpretou que não sabia. Bando? Rebanho? Claro que é elenco.

Tem certeza?

Está certa desta resposta?

Elenco.

A plateia já foi aplaudindo. Urrando. E estava certa a resposta. E vamos à segunda pergunta. E foram.

O programa não poderia parar. A audiência estava além das expectativas. O que comprovava que educação é assunto que todo mundo gosta. Todo mundo nesta terra teve uma professora na vida. Pelo menos é o que se almeja, que todo menino e toda menina tenha tido uma professora na vida.

Quem escreveu *Morte e vida severina*?

Ih! Literatura derruba a audiência. Mas não derruba uma professora. O apresentador fez questão de salientar que as perguntas foram feitas pelos próprios estudantes. Aquele, de Campina Grande, na Paraíba, pegou pesado. Os nordestinos são, de fato, muito ousados e inteligentes.

Letra A: Machado de Assis.

Letra B: Rachel de Queiroz.

Letra C: João Cabral de Melo Neto.

A plateia deu sinal de desanimar. Não era uma pergunta fácil. E, literatura, quem gosta desta matéria? Quem sabe o que é?

O destino de uma biblioteca estava na mão de Nathália Negromonte. O apresentador chamou os comerciais. A audiência, a audiência. Era bom que a professora bebesse uma água. E os alunos tirassem selfie. Veio alguém retocar a maquiagem da professora. Que tratamento para uma professora! A televisão era mesmo um outro mundo. O apresentador só fazia rir. Perguntou, quase murmurando, se estava tudo bem com a mestra. O certo é mestre ou mestra? A professora não teve tempo de responder. Dez segundos para a volta, ao vivo, do programa.

Estamos aqui com a professora Nathália Negromonte. Repetiu, para quem ligou agora a TV, toda a história. E ressaltou: está valendo uma biblioteca. Bem que a comunidade poderia dar para a biblioteca o nome de Nathália Negromonte.

É muita emoção, senhores e senhoras.

E agora? Letra A, letra B ou letra C?

João Cabral de Melo Neto.

Tem certeza?

Olha lá, valendo uma biblioteca.

João Cabral de Melo Neto.

Letra C, sustentou a mestra.

O apresentador contou até três. Silêncio. O aluno de Campina Grande confirmou a resposta que faltava. Está certo, sim, está certo. Quem escreveu *Morte e vida severina* foi João Cabral de Melo Neto.

E a edição caprichou nos explosivos. Era tudo festa. Se a professora acertar a próxima pergunta já garante o prêmio.

Uma bi-bli-o-te-ca.

Foi aí que o apresentador teve mais um insight. Que a professora escolhesse o estudante. O quê? Qual dos três faria a pergunta que pode ser a última, decisiva? Você quer a aluna de Boa Vista? A aluna do Crato? Ou quer o estudante de Santarém? Responda, professora. Quem?

De Santarém.

Tem certeza?

Sim, de Santarém. E onde fica Santarém?

Antes de o estudante responder à pergunta do apresentador, o apresentador resolveu, de improviso, desafiar a ilustre convidada. Onde fica Santarém? E ela, sem titubear, quase rindo solta, respondeu que fica no Pará. Mas essa professora sabe mesmo de tudo. É que eu sou de lá do Pará. Não acredito! Sou de lá. Por isso, então, é claro, a produção escolheu este estudante do Pará. Temos aqui, amigos telespectadores, um estudante de Santarém. Qual o seu nome, meu querido? Denilson. Denilson, olhe lá, não vá fazer pergunta difícil. Nada de literatura. Que tal culinária, hein? Fiquei sabendo, por exemplo, que a professora Nathália gosta de fazer doces. É verdade, Nathália? A professora responde que faz bem pudim. Palmas e palmas. Isso é maravilhoso! A professora sabe fazer um pudim como ninguém. Vamos lá, amiguinho de Santarém. Sem mais demora. Sem embromação.

É com você a próxima questão.

Em que ano nasceu Ayrton Senna?

O quê?

A professora fechou os olhos. Como quem, na escola, ouve o retorno, violento, de um tiroteio. E abriu os olhos sem demora, igualzinho àquela hora em que a professora recolhe a criançada para a sala mais fechada, longe do perigo. A pergunta veio, Cristo, como um verdadeiro tiro.

O apresentador aproveita o clima inseguro para exaltar a trajetória do campeão da Fórmula I. E para segurar a audiência, até. Senna é sempre um sucesso, é ou não é? Pois é.

Em que ano ele nasceu?

A: 1960?

B: 1963?

C: 1959?

A sua resposta está valendo a inauguração da sua própria biblioteca, a sua biblioteca, a Biblioteca Nathália Negromonte. Pergunta muito arriscada esta. Está muito difícil. E repetiu: cada aluno, amigos e amigas de casa, foi quem escolheu a pergunta que iria fazer. Nós, do programa, não tivemos nada a ver, acreditem, nada a ver com isto.

Professora Nathália Negromonte, em que ano nasceu nosso grande campeão mundial Ayrton Senna? 1960? 1963? 1959?

Tensão.

Eu acho, professora, que 1959 não é. O que acha? A professora concordou, sem graça. Então Senna teria nascido em 1960 ou 1963. Qual a opinião da plateia? E você, na internet? Dá um Google que você acha. Mas aqui não vale Google. Será que seria 1959? Duvido. Denilson, que pergunta mais casca-de-banana. E olhe que você é do Pará. Você veio aqui, direto do Pará, para parar tudo,

98

foi? O apresentador riu mais uma vez da própria frase. Isso é bacana para a dinâmica do programa. Esse jeito, talentoso, de construir uma frase.

E aí?

Eu não sei, não sei. Não tenho a mínima ideia. Eu não assistia às corridas. Aos domingos, ela descansava, aérea.

O auditório silencioso. Uma grande pausa.

Então, sendo assim, vamos ter de pular para o momento ainda mais tenso da Gincana do Conhecimento. Temos sempre este instante de descontração. Uma brincadeira. Quase uma recreação, professora. Não leve a mal. É só para mostrar para o Brasil inteiro que a educação é também um jogo. Um grande jogo. Está em dúvida, querida professora? Tem certeza? Rufem os tambores. Abram a porta. E tragam a torta. Tragam a torta. O público rufa com os tambores. A assistente de palco, muito aplaudida, entra desfilando com uma torta na mão. Professora: a biblioteca ou a torta? Amigos, tudo para descontrair essa guerreira que vive fazendo o seu ofício com muita luta, sempre séria. Sem tempo às vezes para um único sorriso. Ela, que é boa de fazer pudim, agora está, senhoras e senhores, entre a torta na cara e a biblioteca.

Atenção: você que chegou em casa agora, aqui é a professora Nathália Negromonte. Ela pode ganhar uma biblioteca para sua escola. Ela está em dúvida sobre a resposta. Que pena! Ela diz que não sabe a resposta. Ela só precisa saber, senhoras e senhores, o ano em que nasceu o nosso grande campeão Ayrton Senna. Repita a pergunta, Denilson. Quem fez a pergunta foi Denilson, esse estudante, pestinha, vindo da mesma terra da professora. Isso é coisa que se faça com a professora Nathália, Denilson?

E a plateia aplaude e treme. E a plateia se agita. E os estudantes ficam de pé. O apresentador pede que todos fiquem de pé. Coloca aí, diretor, a música de Ayrton Senna para dar sorte, sei lá. Para dar uma luz. Para dar um clima. 1960, letra A. 1963, letra B. 1959, letra C.

Valendo uma torta na cara da professora, senhoras e senhores. Ou uma biblioteca novinha em folha. Claro que ela ainda tem chances. Com as duas perguntas que faltam. Mas agora é hora da torta. A resposta certa ou a torta

Professora, é com você.

O que será que vai acontecer?

Os meninos e meninas estão recolhidos, unidos, dentro da sala, acuados. Têm medo, muito medo. Eles viram, não faz tempo, um coleguinha caído sem vida, na quadra. Vítima de uma bala perdida. A professora pede para que fiquem quietos, que confiem nela, que fechem os olhos, que respirem devagarzinho. Eu vou ler para vocês. Eu vou ler uma historinha para vocês. Aqui, dentro do livro, há uma historinha muito bonita. Longe das brigas, uma historinha. E perto dali, no alto da escola, o barulho de bombas. Parecem foguetes. As crianças agora têm dentro delas outro destino. As páginas passando, leves. Umas até abrem os olhos. Umas até querem adivinhar o final da história. A professora dá pausas, respira com elas, pega as palavras pela mão. Um dos meninos, no entanto, deixa de lado a imaginação e chega junto da professora para perguntar, tremendo, espremendo as pernas, querendo saber. E esse barulho, tia, o que é esse barulho, tia? O homem veio matar a gente, tia, o homem veio matar a gente, tia, o homem veio matar? A professora abraça-se ao menino.

Estrondos incessantes no ar.

ENSAIO
SOBRE A DANÇA

O corpo do bailarino foi encontrado quarenta e dois dias depois da estreia em Paris, o espetáculo era *A expulsão do Paraíso*.

Cinco dias depois de sua chegada ao Rio de Janeiro e quatro anos e exatos dez meses depois de ele ter deixado sua cidadezinha natal lá no Piauí.

Do dia em que ele beijou pela primeira vez o diretor da companhia, exatos dois anos, dois meses e três dias.

A partir de seu nascimento, mais um tempo. Saiu do ventre há vinte e um anos, na mesma data de seu pai, lavrador. Em março. Somados à data de aniversário mais um mês e dois dias. Uma tarde, outra tarde.

Da manhã em que descobriu a dança, dezessete anos, três meses e vinte horas. O sol quase se pondo e ele tentando pegar o sol com os pés. Os ossos, pequenos. Era um menino gigante.

Ao ser encontrado, estava intacto, como se tivesse se resguardado. Esperado por um milagre. Todo bailarino tem a paciência de um cego. O equilíbrio de um surdo. A resistência de um anjo, guardião dos segredos da astrologia.

Aguentou o tranco. Foi pesado o chute que levou. Já faz duas horas e vinte minutos que a notícia vazou e a população não sabe mais o que pensar sobre sensibilidade.

O secretário de segurança deu um dia para a solução do caso. Em Paris, são quatro horas a mais. O rosto do bailarino morto era o de uma criança. A família foi avisada e a mãe não passa bem. Como poderia passar bem? Pegou a fotografia do filho e ergueu para o céu. Da mãe, o bailarino herdou os gestos compridos e teatrais.

O pai, há dois dias hospedado no Rio, fez uma máscara surgir do próprio rosto. E soltou um grito. Assim que viu o pobre filho, nu. Sempre está nu o coro de querubins. Galateia, Afrodite. Eva. A arte nasce e morre nua.

O corpo de um bailarino tem a duração do mundo.

A imprensa quis falar com o pai, mas respeitou o silêncio que ele fez. Uma dor pesada. O peito também estava vestido de máscara. Era um homem preto. Ainda mais preto era o luto. Chovia uma solidão profunda no Rio de Janeiro. Há quanto tempo o Cristo Redentor a ninguém abraça? Por que fica naquela posição, faz toda uma eternidade, e não sai dela?

Foi um assalto?

Do dia em que a diretora do Jovem Balé da França viu o menino, como se ele fugisse atrás de um vento, passaram-se cinco anos e cerca de um mês. Vislumbrou o talento que ele tinha para as manobras, a própria natureza fugitiva, a decomposição das sequências. Um bailarino não caminha. Vive em outra órbita. Mesmo no chão do Piauí, onde já moraram seres voadores, extintos. O bailarino ressuscita o fogo, é um fóssil que se movimenta.

Tiraram de cena a esperança.

A morte de um ciclista, de um poeta popular, de um monge, de um jovem estudante, tudo fica dentro de um mesmo rol, é uma procissão que para. Uma estrela que se desmancha, qualquer canção soterrada no ar.

Era preciso aguardar a autópsia. Por enquanto, as câmeras do aeroporto registraram o momento. Entrou em um táxi, veloz. Em um dia chuvoso.

Havia doze dias que não chovia no Rio. E o Rio estava cheio de máximos alagamentos.

Deslizamentos de córregos.

Pela curvatura apresentada, ele foi socado em um porta-malas. Os joelhos trazem nódulos. Hematomas de estrada. Os sopapos sobre pedras irregulares. Os pulsos amarrados para trás.

A dança traz alegria à alma.

Não deram tempo de o bailarino mergulhar em sua ancestralidade. Ir à África Central. Já havia convite internacional. Conheceria uma nova ordenação do universo. A partir de sua pele, a reconquista da terra que o seu povo perdeu. Vinha pensando sobre isto, desde a última conversa com o diretor da companhia. Ser negro é ser o próprio eixo, na forma de saltar, mergulhar, voar entre as flechas. No amanhecer dos tambores. Na festa da fertilização. Nasceria, de verdade, na Zâmbia.

Era o chamamento que sentia quando, ainda garotinho, sem razão aparente, subia em uma pedra quente. Ou quando mexia, para sacudir a poeira das células, os órgãos internos. Este fundo mistério de nossa origem. Um bailarino sabe o que é ir. E o que é partir, ao certo.

Na margem do rio Cuango ele não chegou a pisar. Mas aonde um espírito de um bailarino não consegue chegar? Não se mata um espírito. Só o faz mudar de lugar.

Os assassinos não podem ficar livres.

Mas quem disse que são livres os assassinos?

Expuseram os dois negros, sem camisa, para que explicassem, diante das câmeras, o que houve. Por que mataram o jovem artista? O corpo dos meninos, acuado, sobre os holofotes, o corpo se punge, se retrai, não fala.

Não há o que falar. A televisão fala, a imprensa fala, a polícia se posiciona à frente.

O caixão chega, tão lúgubre, por cima da pequena pista de pouso na cidadezinha piauiense.

O namorado do bailarino, e os amigos, lá em Paris, ensaiam um ritual de despedida. Iguais a esses rituais, coletivos, realizados um dia após uma explosão, às 72 virgens, tramada por um terrorista.

E nós, daqui para a frente, por aqui perguntamos, dia a dia, abaixo do céu, mais quantos anos teremos de vida?

ENSAIO
SOBRE O TEATRO

Eu quero fazer teatro.

Pus no peito a ideia, em alguma hora, não me lembro quando, em que ano. Eu vi um cartaz na escola, há mais de uma semana, colado, convocando os interessados, nas manhãs de segunda e de quarta os encontros começarão. Já estou atrasado.

Não sabia ainda da grande revelação. Na nossa trajetória, as coisas vêm no fluxo, o coração é quem manda a gente seguir, a história escrita está, faz tempo, em um antigo passado, ou numa paz futura. É de onde o nosso destino, de repente, insiste em surgir.

Falei para minha mãe, enquanto ela pendurava no varal os figurinos da casa, as calcinhas rendadas de minha única irmã, as bermudas de meu pai, seus aventais. Também, àquele dia, um grande tapete para tomar sol, na garantia, talvez, de nossos próximos passos.

Eu quero fazer teatro.

Minha mãe nem me olhou, a sua voz por detrás das espumas, sacolejando uma bacia funda, cheia de remendos. Isso não vai atrapalhar seu rendimento? Tem cabimento uma coisa dessas? Teatro você já faz, nas caretas que você faz, menino, sossega o facho.

Tem as aulas de educação física nos mesmos dias das aulas de teatro, mas eu detesto educação física. Minha mãe sabia o tanto que eu passava mal, correndo ao redor dos corredores, nas disputas pela bola, nas quadras de futebol. Eu não tinha fome para aquilo, eu queria, a pedido de meu espírito, sim, fazer teatro.

E o que se faz numa aula de teatro?

Fiquei calado, imaginando. Ora, se faz de tudo, menos pegar em peso, eu que sempre fui doente, anêmico, no teatro a gente aprende a simular os músculos, eu não preciso bater em ninguém. Eu só preciso inventar uma expressão. Falei qualquer coisa que deu, assim, para eu falar, de improviso, para a minha mãe me deixar ir, rumo ao novo desafio, o meu mundo.

Fale com o seu pai. Se ele permitir, por mim está permitido. E continuou a recolher os panos, rendados. Uma hora vi a camisa que ganhei de aniversário, uma semana antes eu havia feito doze anos. Fui à cata de meu pai, eu do tamanho da minha vontade, cega, ele estava na sala, fazendo umas contas do comércio.

Eu quero fazer teatro.

Meu pai vendia feijão e arroz e farinha e batata, meu pai era do sertão pernambucano e teatro, para ele, era ser palhaço de circo ou, sei lá, cachorro de filme mudo ou, sei lá, uma mentira de matuto. Segurei firme as orelhas, fiquei olhando para o meu pai, aberta a caderneta, somadas as somas, subtraídos os empréstimos, ele ficou em silêncio, sério, sem dar ao meu desejo nenhum crédito, melhor que eu repetisse a fala, então.

Pai, eu quero fazer teatro.

E ele, na vida real dele, preocupado em saber como alimentaria os filhos. Você, quando crescer, precisa ter uma profissão, era o que sempre dizia, talvez, ali, o pensamento tenha tomado corpo. Ele parou um pouco de anotar soldos, muita gente me devendo dinheiro, era preciso pegar os caloteiros pelo gogó. Meu querido, olhe só, fale com a sua mãe que o seu pai anda, hoje, muito preocupado, está certo?

Mas eu já falei com ela.

Pois fale de novo e direito, o que ela resolver, resolvido está. E me deixou em pé, feito um bailarino sem par, não adiantava refazer a cena, melhor seria voltar ao quintal, onde minha mãe quarava lençóis imensos, brancos, as toalhas de mesa, até alguns bonés. Esfregava também botas e chinelas, aproveitaria a água para banhar o cachorro que, feliz, embaixo da pia, suava e latia.

Mãe, eu quero fazer teatro.

Não atrapalharia as aulas de português, geografia, de inglês, meu desempenho, aliás, seria outro, algo me diz, o teatro fará de mim uma outra pessoa, eu prometo que só farei papéis de rei, de homens ricos. Eu serei dono de grandes terras, salvarei o povo de alguma peste, melhorarei o meu país. A senhora terá o maior orgulho de mim. Chamará as vizinhas para irem me ver, na estreia aplaudirão até doer as mãos, farei chorar uma multidão. Vai, me deixa, mãe, ir à escola amanhã, falar com a professora, se eu sentir que não dará certo, desisto da carreira. Algo, ao longe, me avisa, o teatro será a luz da minha vida.

Claro que eu ainda era miúdo para dominar esse discurso, acima, mas algum sopro, sim, veio em meu socorro, minha mãe, já com o cenário pronto, todos os tecidos, ventando, deixou que eu fosse, no dia seguinte, dar uma averiguada no que era. É preciso ter cautela, cuidado, eu quero é que você seja gente, entende, meu filho? Gente, gente, estudar para ser gente.

Eu subi numa pedra, comemorei, nem dormi na madrugada, esperando o outro dia acender.

Bom dia, bom dia.

Nem tomei o meu café, doido de endoidecer, algo, de fato, havia mudado já em meu primeiro contato com o desejo, sem saber de onde ele vinha, ele veio. O contato com o mistério.

Essas coisas que toda escola tem, à nossa espera, pelas salas, salões, um novo professor quando chega, um poeta e sua poesia quando aparece, pela primeira vez, a leitura de velhos versos, por nós, renascidos e inaugurados, o nascimento das flores, floridas, nos simpósios de biologia, os segredos guardados em outros planetas, quem diria, a Via Láctea.

Ah, mas você não vai desse jeito.

Minha mãe passou a ferro de engomar aquela minha camisa de aniversário. Era dia de festa ou não era? Agora, sim, pode ir, vá. O meu pai a contar, logo cedo, os prejuízos, na economia do sabão, da energia elétrica. Seja o que for, Deus há de iluminar. Boa sorte e juízo, meu querido.

Foco.

Valendo.

Atenção.

Fui finalmente à sala de teatro, um cubículo, esquecido, pertinho do campo, no fundo da quadra de esportes, quase atravessando para a outra rua. Um lugar expulso, ao que parece, da dinâmica dos estudos.

Eu quero fazer teatro.

Eu era tão feliz, àquele dia, colorido.

Recordo-me da cena.

Eu quero fazer teatro.

A professora de artes me ouviu, da boca da porta, pequeno, eu era pequeno, azulado, melancólico. Abriu um sorriso o coração dela, não sei, tive a impressão de que eu a conhecia de um vasto tempo, de uma longa temporada, além, ou renascemos naquele momento, juntos, porque ela me pegou pela mão, perguntou se eu não a ajudaria a arrastar umas cadeiras, hoje, meu rapaz, teremos aulas de respiração, tratarei de avisar ao seu professor de educação física, conseguiremos a sua liberação, já tenho, até, uma missão para você, e me pôs imediatamente a ler uma fala, imaginária, de um espantalho, não me lembro de qual peça, à minha frente, dei vida, tímida, por enquanto, a um soldadinho de chumbo, depois a um saltimbanco, creio, juro que eu já fui um astronauta, ali, pertinho de casa, aprendi cedo a lição.

Teatro é a escola da alma.

Para sempre, a minha salvação.

ENSAIOS DE FICÇÃO III

Troco uma ideia original por uma palavra original.

•

O melhor gancho para uma história é o gancho da gaveta.

•

Guardar, o livro de poesias de Antonio Cicero, é um título que eu compraria.

•

Manual prático do ódio, *Ninguém é inocente em São Paulo*, *Deus foi almoçar*. Espero que Ferréz dê algum desconto na hora de eu comprar.

Quer escrever bons títulos? Pesquise no teatro.

•

Gata em teto de zinco quente, Fala baixo senão eu grito, Um grito parado no ar, A frente fria que a chuva traz, Assim é se lhe parece, Eu receberia as piores notícias dos seus lindos lábios.

•

Esse último título é de um romance de Marçal Aquino. Mas é de uma grandeza teatral.

•

O ritual do teatro é abrir as cortinas. O do cinema, apagar a luz. O do leitor, virar a página.

•

Toda página é um tapa.

•

eu gosto de apanhar / frase solta no ar.

Alegria breve, romance de Vergílio Ferreira, tem um dos primeiros parágrafos mais geniais da literatura universal.

•

"A Campos de Carvalho, que me ajudou a pegar um parafuso no chão." É a dedicatória, escrita à mão, de Clarice Lispector ao autor de *A lua vem da Ásia*. Eu tenho esse exemplar de *Água viva* lá em casa, presente de Nelson de Oliveira.

•

Dizem que sou generoso. Nelson de Oliveira é mais.

•

Sejam generosos comigo e não me chamem mais de generoso.

•

Nelson de Oliveira escrevem.

não eram heterônimos / eram pessoas.

•

Uma ilustre desconhecida. Foi assim que um jornalista começou uma matéria sobre a presença de Conceição Evaristo no Salão do Livro de Paris. Quem era mesmo esse jornalista?

•

A que se deve esse tremendo sucesso da senhora aqui no Salão? Por que a senhora acha que chamou tanta atenção? E Conceição: "possivelmente porque se trata de um Salão do Livro. Se fosse um Salão de Gastronomia, você acharia muito natural que eu estivesse aqui fritando acarajé para todo mundo comer".

•

Uma jornalista, ao vivo, perguntou a Ariano Suassuna o que ele estava achando da Campanha da Vacinação. Ele respondeu que preferia Dostoievski.

Há escritor que diz que parou nos clássicos. Ainda bem que ele mesmo reconhece que parou.

•

Na literatura tudo se perde. Por isso se transforma.

•

Com a literatura, perdi todo o dinheiro que eu não tinha.

•

– Quanto é?
– 20 cm.

•

Editor é aquele que sempre nos diz para trepar com camisinha.

•

Homem com HIV.

Paranóia, de Roberto Piva, não pode perder o acento. Assim como *Pornopopéia*, de Reinaldo Moraes, não perdeu.

•

Aspas são moscas na página.

•

Reticências, cocozinhos.

•

"Cu é lindo" (sic), Adélia Prado.

•

Até hoje eu não entendi o que significa "sic" quando vem, assim, no meio de um texto.

•

Preconceito linguístico é quando a televisão põe entre aspas, ou em itálico, a língua do povo. Enquanto as mesóclises, próclises e ênclises passam muito bem.

"Nós é ponte e atravessa qualquer rio", verso de guerra do poeta Marco Pezão.

•

Marco Pezão se chama Marco Antonio Iadocicco. Adoniran Barbosa era João Rubinato. Andréa Del Fuego se chama Andréa Fátima dos Santos. João do Rio, João Paulo Emílio Cristóvão dos Santos Coelho Barreto.

•

Quadrinha famosa entre os editores: "herdeiro / herdeiro / herdeiro / por que não morreste primeiro?".

•

Quem nasceu primeiro? André Sant'Anna ou Sérgio Sant'Anna?

•

Já me chamaram de Marcolino Freitas. Juscelino Freire. Marcelinho Freixo.

Zuenir Ventura não é uma mulher.

•

Eu me chamo Marcelino Juvêncio Freire.

•

Juro que tudo o que eu escrevo é verdadeiro.
O mentiroso sou eu.

ENSAIO
SOBRE A CIVILIZAÇÃO

– Deixa que amanhã Maria limpa.
– Mas ela não participou da festa.
– Deixa que amanhã Maria limpa.
– Esses copos de vinho, essas cinzas.
– Deixa que amanhã Maria limpa.
– Ela não tomou nada, nem uma água.
– Deixa que amanhã Maria limpa.
– Essa zona, esses pratos, essas taças.
– Deixa que amanhã Maria limpa.
– Restos de maconha e camisinhas.
– Deixa que amanhã Maria limpa.
– A privada, este vômito, o fogão.
– Deixa que amanhã Maria limpa.
– Nem deram direito a descarga.
– Deixa que amanhã Maria limpa.
– Essa moçada não tem educação?
– Deixa que amanhã Maria limpa.

– Teu aniversário todo ano, essa nojeira.

– Deixa que amanhã Maria limpa.

– Uma guerra, até vi sangue na lixeira.

– Deixa que amanhã Maria limpa.

– Não, nós não temos esse direito.

– Deixa que amanhã Maria limpa.

– Eu mesma vou dar um jeito.

– Deixa que amanhã Maria limpa.

– Coisa mínima, já ajuda na faxina.

– Deixa que amanhã Maria limpa.

– E a nossa consciência, hein, menina?

No Carnaval, durante a passagem dos blocos, muita gente mija na porta de dona Bernadete, soltam garrafas, as latas tem quem recolha, as toneladas que sobrarem os garis apanham, eficientes, a prefeitura demora menos de três horas para limpar as vias, é nosso dinheiro público, pagamos para isto.

Coloquei uma câmera para ver se a cuidadora de minha avó não bate na minha avó, esses maus-tratos a gente vê na TV, é preciso tomar cuidado. A velhinha sempre foi tão boazinha, generosa com a gente, ao que parece, a cuidadora está cuidando bem, escova os dentes da dentadura, coloca para dormir, limpa a bunda que sangra, a vovozinha

tem uns corrimentos, é câncer, misturado a proble-
mas de memória, tudo acaba escorrendo mesmo,
não houve espancamento algum até agora.

Deu no jornal de domingo uma notícia sobre o
lixo espacial, estamos criando favelas em torno da
terra, é resto de foguete, espaçonave que explodiu, a
Nasa, a China fica juntando ali, na órbita, carcaças
futuristas, de quando em quando despenca o pó de
um satélite, uma ferramenta lá na Rússia, um tape-
te cósmico, para debaixo da Via Láctea, sempre tive
a curiosidade de saber para onde vai quando sai a
merda de um astronauta.

Maria acorda, foi difícil dormir ontem com o
barulho da festa na porta. Bateram em seu quarto,
uma certa hora, para avisar que um pedacinho de
bolo estava ali, para quando ela quisesse provar.
Pode deixar que eu pego já. Maria estava de camisola. E era uma camisola furada, que servia só
para dormir mesmo.

O bolo tinha gosto de cereja. Mas parece que
derrubaram, sem querer, à margem do bolo, um
pouco de cerveja.

ENSAIO
SOBRE O PRAZER

São os letreiros iniciais ainda.

Alex Santos e Bruno Love.

Eta! São lindos. Alex, um loiro. Love, um morenão. A imagem está parada. É a apresentação do elenco. O elenco é só eles. Não tem mais ninguém.

Pronto. Começou. A primeira imagem é uma mata. Isso aí é o barulho do vento. A câmera nas folhas. Eta! O Loiro está cortando uma tora de madeira. É uma fazenda, então. A casa é a de uma fazenda. Ele está com o serrote. Está de calça. E chapéu. Esses, de caubói. Chapelão de peão.

Tem uns peitos lindos, lisos. E tem aquela fivelona, claro, de peão. Muito gostoso. Mas eu gostei mais foi do Morenão. Mas ele ainda não apareceu, não.

O Loiro ainda está com um serrote. Eu poderia adiantar, mas não vou adiantar a fita. Acho que essas cenas assim, do começo, meio devagar, vão criando um clima. E a música é péssima, né? Também, o que eu poderia querer? Uma orquestra sinfônica? Não, não é? Nada a ver.

Deviam colocar para tocar pelo menos o Chitãozinho, o Xororó. Mas como iam pagar os direitos? Sei lá, esses filmes só dão dinheiro é para a indústria. Os atores mesmo, dá para ver que são da periferia. Do interior. De Barretos. É isso, é. De Barretos.

Eta! O Moreno apareceu, lá longe, descendo do cavalo. Também sem camisa e com a mesma fivela. Figurino pobre, esse. É muito engraçado falar de figurino em filme assim. Eu quero mais é que eles tirem a roupa logo. O Loiro já olhou para o Moreno e continuou no serrote. Eta! E o cavalo está com o pinto molhado, molenga. Deram um close no pinto do cavalo. Vixe!

Uma vez eu vi um filme chamado *A marca do jorro*. Você acredita que o Zorro chupava o cacete de um cavalo? Eca! Eu não teria coragem. Nem que fosse para ganhar uma fortuna. Nem de cachorro, nem de pônei, nem de nada disto. É muito mau gosto. Muito mau gosto.

Lá vem ele, o Moreno. Que moreno gostoso! Ele está descendo do cavalo. Ele desce. Também é liso. E tem um peito muito mais bonito do que o peito do Loiro. Eu sabia. Só de ver no crédito do filme eu saquei a gostosura. Eta! E ele, o Moreno, pegou no pinto do cavalo. Eca! Não. Que sacanagem! Ele vai ser o passivo da história. Bosta. Nessa eu me enganei. Solta logo esse pinto do cavalo, peão! Não gostei. Agora eu acho que eu vou adiantar a fita. Mas não. Melhor não. Ele já soltou o pinto do cavalo. Vixe! E o Loiro soltou o serrote. Ainda bem, né?

Você veio aqui, meu bem, para trabalhar ou para foder? Vamos lá, vamos lá. Eta! Não acredito. Eles vão fazer sexo perto do cavalo. Vai ser um ménage à trois. Eu acho que eu escolhi a fita errada. Não tinha nada lá dizendo que era filme ecológico. Mas o cavalo, se bem, só está parado. O Loiro está falando. Agora eu não preciso falar, não é? E essa música insuportável ao fundo. Esse papo dos dois está demorando muito. Mas o Moreno já coçou o cacete. A câmera deu um close no Loiro. O Loiro parece sabe quem? O Thiago Fragoso. Sobrenome bom para um ator pornô: Fragoso. O Loiro olhou para o cacete do Moreno. Agora vai. Ai, ai. Eta! O Moreno tirou o pinto. Deixa eu ver. Não. Agora entendi. É imenso. Por isso mostraram o pinto do cavalo. Que coisa! Então ele vai ser o ativo. O passivo é o Loiro. E o cavalo, ah, agora entendi por que o cavalo. Vixe! Ele comeu o cavalo. Por isso aquele carinho, no início, lá no pinto do cavalo. Tem lógica.

Vai, Loiro, cai de boca logo. Se fosse eu, já estava nos ovos. Nos colhões, melhor dizendo. O certo é "colhões" ou "culhões"? Colhões ou culhões é questão de opiniães. Nosso Guimarães Rosa. Isso tem tudo a ver com fazenda, cafundó, peão, jagunço. Era verdade que Guimarães Rosa era veado? Eta! Não sei do Rosa, mas que eu desde pequeno queria viver numa fazenda desta, ah, queria sim. E com um morenaço deste, pense. Eta! Isso. Agora vão demorar uns minutos neste chupa-chupa. Close na boca do Loiro, no cacete do Moreno, no olho do Moreno, ai, ai. Vixe! Eta! Até que foi rápido. Agora o Moreno tocou no pinto do Loiro. Pronto. É muito óbvio. Um chupa primeiro, o outro chupa depois. Eta filminhos! E essa música! Melhor não seria uma *Nuvem de lágrimas*? Muito melhor. Juro.

Vixe! Coitado do pinto do Loiro. É um pintinho. Diante de um moreno desse também, quem não é pintinho? Agora o Loiro tirou a calça. Eta! O Moreno também tirou. Aquela coisa que eu falei do figurino. Pronto. Nu. E pronto. O Loiro já virou de costas. Eta! Eu estava certo. O Moreno é o ativo. Se bem que, se eles continuarem solidários assim, um com o outro, o Loiro vai comer o

Moreno. Nessa parte eu vou pular. Um pintinho daquele, na bunda do Moreno, que graça vai ter? Nenhuma.

Eta! Não acredito. O quê? O cavalo. O Moreno está chegando perto do pinto do cavalo. O cavalo vai comer o Moreno que vai comer o Loiro, é isto? Eu vou reclamar com a locadora. Eu vou reclamar ao órgão de defesa dos animais. Ao órgão de defesa dos consumidores. Não tem o menor tesão uma coisa dessas. Que absurdo! Eu gosto é de homem, homem. Se eu gostasse de animais eu teria nascido uma cabra. É cada uma, viu? Nem gosto que me chamem de veado, acredita? Eu sou homem, homem. Homem que gosta de homem. E pronto. Um ser racional. Racional. Animal racional. Que gosta de outro animal racional.

Eta! Ufa! Não era nada disto. Ainda bem. Era só uma piada. O Moreno só fez um susto ao Loiro. Como se dissesse assim. O cavalo aqui sou eu. Mostrou o cavalo apenas a título de comparação. Mas quem vai comer o rabo do Loiro é o Moreno mesmo. Do jeito que eu tinha pensado. Aliás, rabo. Por que chamam o nosso rabo de rabo? Rabo é coisa de animal. Irracional.

Vixe! Desculpa. Eu acho que eu estou exagerando. Hoje acordei meio atravessado. É que estou revoltado com essa fita, estou, sim. Fiquei com cisma. De uma próxima vez, eu mando o cara da locadora passar o filme todo para eu ver. Lá mesmo, na locadora. Eu não tenho vergonha. Sou o que sou. Numa boa. Eta! O Loiro vai engolir tudo. Nem pensou duas vezes. O rabo dele vai engolir tudo. Isso é que é um campeão. Segura, peão.

O melhor de ser cego é a imaginação.

E aí, está gostando da minha descrição?

Eu fiquei tão preocupado em te contar tudo, que fiquei falando demais, acho, né? Ah, mas me fala, confessa. Está sendo muito boa essa experiência. Estou amando. É bem mais divertido eu falando do que ficar tocando o tempo inteiro aquela musiquinha, é ou não é? Deixa eu baixar um pouco o som. Ninguém merece.

Esses diálogos, então? Ave! Sabe por que filme pornô não tem diálogo bom? Porque as bocas estão sempre ocupadas. Eta! Foi boa a piada, fala, fala, diz.

Quer beber uma água? E se a gente desse uma paradinha? O que acha? Daqui para a frente, vai ser só isso. Bunda mexendo, vara entrando, vara mexendo, bunda entrando. Mas tem filme melhor, eu te juro. Fiquei puto com o uso do cavalo, coitado. E o pinto do Loiro. Parecia pinto de figurante. Nada a ver com o Thiago Fragoso. Eu espero. Vou reclamar na locadora, se vou.

Você nunca mais vai voltar aqui, não é? Eu acho que eu falo demais. Demais da conta, eu acho. E quem não fala não chupa. Eta! Por essa eu nem esperava. A frase foi boa. Eu sou bom de diálogo. E isso não foi cantada, viu? Por favor. Somos só amigos. Quer uma pipoca? Uma cerveja? Ah, eu posso ler Guimarães Rosa para você. Da outra vez a gente tinha parado onde mesmo, em que parte do livro, você se lembra?

O julgamento de Hermógenes, era isto? Hermógenes.

Vamos ao livro que a gente ganha mais. Deixa eu só desligar de vez, é melhor. Um instantinho, pronto, já deu.

Que moreno, meu Deus!

ENSAIO
SOBRE O DINHEIRO

Toma cuidado, a roupa não é tua, não vai sujar de gordura, de cerveja, de cigarro, eu falei, falei.

Mas ele não ouviu.

Era o casamento da Vanessa. Ir vestido como, de que jeito, sem dinheiro para a gravata, sem dinheiro para o perfume, o sapato combinando?

Uma tristeza ver um filho naquela incerteza. Eu falei assim para o meu coração: vou fazer alguma coisa, vou pedir um dinheiro emprestado ao meu patrão japonês.

Na lavanderia, um adiantamento, qualquer que seja.

O casamento da Vanessa, amiga desde a creche. Usaram as mesmas chupetas. Até pensei que fosse meu filho que fosse casar com ela. Namoraram, não namoraram?

Seu Shigueoka nem deu bola.

Fez que não entendeu a minha língua. E olhe que língua de mãe todo mundo compreende em todo mundo. Seja azul, amarelo, peruano, africano.

Mãe é o próprio Planeta Terra.

Foi aí que eu tive a ideia. Sabe aquele executivo que trabalha na Receita? Jovenzinho, já cheio de bom futuro? É o mesmo número de meu filho. Conferi na etiqueta. Só não é o mesmo corte de cabelo. Não me conformo: digo para ele. Muda esse visual. Com essa cara de capeta você não chegará a nenhum lugar.

Quem disse que filho compreende?

Parece que a gente está falando japonês.

Tanta roupa para passar, lavar. O senhor precisa contratar mais gente. E nada do patrão contratar. Por isso, seu Shigueoka, vou ter de ficar mais tempo, hoje, na lavanderia, adiantando tanta calça suja.

Mas não vai pedir mais tostão por isto, né?

É.

Meu filho vai ficar um ouro. Melhor do que o noivo, pode apostar. O casamento da Vanessa é neste sábado. Na segunda, devolvo o paletó, lavo de novo, quem irá notar?

Sávio, meu filho, escuta: só não pode amassar, rasgar.

É deixar o casamento quando acabar e já deixar a roupa comigo, rapidinho, está me ouvindo?

E ele com aquele fone na orelha, nem aí. Tira essa bosta do juízo. Era um rap. Vê se o rapaz da Receita ouve esse tipo de coisa. Ele chega com o mesmo fone de ouvido. Mas é um telefone. Ele fala sozinho, conta números, 1, 2, 3, 4, tabelas, 1, 2, 3, 4. Cobranças.

Como é linda a matemática.

Gente grande.

Meu filho, não se meta com quem não presta. Você está com muita conversa lá para o lado do Boqueirão. Carlão também era da mesma creche. Olha no que deu a vida dele! Não se respeita e pensa que se respeita.

Porque todo mundo baixa a cabeça quando ele passa.

Em cima da moto, aquela ostentação.

Vanessa não convidou ele para o casamento, convidou? Responde, Sávio. Convidou? Sávio ficou um amor.

Um homem. Meu filho é finalmente um homem. Só precisa cortar direito este cabelo. Ele se olhou no espelho. Até parece que sorriu. Disse: tá da hora.

Deu meia-volta na sala. Só para eu ver. Eu e ele e está feita a família. Por isso eu faço tudo por ele. E dou esse duro. E aguento humilhação. Seu Shigueoka nem parece do Japão. O povo do Japão não é tão mão de vaca.

É um povo organizado

Por isso presta atenção: a roupa não é tua, não vai sujar de gordura, de cerveja, de cigarro. Ouviu?

Quem disse que ouviu?

Quase logo na saída, na primeira poça do barraco, pisou fundo. E respingou água barrenta na boca da calça. Meu Deus! Ali, tudo bem, eu passo um lenço molhado, um óleo com farinha, sem problemas. Mas, Sávio, por favor, fique ligado, fique ligado.

Paçoca, tudo bem.

Vai devagar no vinho.

Coxinha, cuidado!

A vizinha veio elogiar. Como está bonito o seu filho. Vanessa veio dizer. Comentar. Ela estava emocionada. E resolveu abraçar o Sávio. De uma maneira tão apertada que eu tive que desapertar. O batom dela grudando no ombro. Vai deixar uma boca vermelha lá difícil de tirar.

A festa animada.

Já não está na hora da gente voltar?

Penso. Empacoto tudo no saco plástico e depois lavo tudo a seco. O menino da Receita vem no final da tarde, dará tempo. O sapato, esse foi fácil de comprar. Estava um pouco apertado, mas comprei um usado, quase da mesma cor, um marrom brilhante. Meu filho nem parecia nascido de mim.

Eu, sonhando.

Um sonho tão matemático.

Quem me acordou daquela paz foi o diabo do Carlão. Não é que ele apareceu sem ser convidado?

Ele e mais dois. Tão malvestidos naquelas correntes falsas, um estilo sem estilo. Em pensar que todos, ele, meu filho, Vanessa, o noivo, cagaram em fraldas iguais. Aliás, no mundo inteiro. Japonês, inglês, italiano. Merda é merda em todo canto.

O noivo não quis conversa.

Eu não sabia que o Carlão já gostou da Vanessa. Sávio me contou. E o cara chegou colocando banca. Estourando o refrigerante.

Sai de perto, meu filho.

Se uma Fanta Uva dessa respinga em você. O glacê.

Ficou aquele clima. Melhor é ir embora, Sávio. Vamos embora, meu filho. Já posamos para as fotos. Depois eu quero ver o álbum, Vanessa.

O casamento foi tão lindo.

Um casamento de princesa. E príncipe. Meu filho estava um príncipe. Eu falei para ele, ele não ouviu. Nunca, na verdade, me ouviu.

Não quero te ver no Boqueirão.

No Boqueirão só tem gente ruim.

Carlão jogou um quindim no teto. Outro quindim. Disse que a maionese não estava prestando. O noivo foi, mais uma vez, pedir satisfação.

Levou um tiro.

A viúva correu para cima.

Aquela nuvem de gente por debaixo das mesas, atrás das cortinas. Quando vi, Sávio sumiu. Sávio, cadê você, meu filho?

Sávio sumiu.

Ele foi arrastado lá para fora. Alguém falou. Mas lá fora ele não estava. Nem sinal da gravata. Na segunda, terei de prestar contas ao mocinho da Receita, também ao seu Shigueoka. Miserável. Na segunda, eu acho que nem vou trabalhar. Enquanto alguém não tiver notícias de Sávio, eu não vou trabalhar.

Toma cuidado, eu dormi repetindo, toma cuidado.

1, 2, 3, 4, conta comigo, 1, 2, 3, 4.

Vieram me dizer, de manhãzinha, que foi encontrado um corpo lá no Boqueirão.

Tudo, menos marcas de tiro, meu filho.

Ah, marcas de tiro não.

ENSAIOS DE FICÇÃO IV

Escritor escreve para enganar o Google.

•

Coloque uma frase no Google. Se ele escrever antes de você, troque a frase.

•

"Neste momento, o telefone tocou." Neste momento, desconfie do escritor que escreveu isto.

•

Por que tanto "perguntou", por que tanto "respondeu", por que tanto "disse ele, disse ela" na literatura?

E perguntou sorrindo, respondeu sorrindo.

•

"Um misto de alegria e tristeza", "um misto de amor e ódio", "um misto de queijo e presunto".

•

O "de repente", lembre-se, só Vinicius de Moraes conseguiu escrever.

•

Onde fica "naquela noite", que todo mundo usa e onde tudo acontece?

•

Não perca tempo usando "por alguns segundos", "por alguns minutos", "por alguns instantes".

•

– Diz que me ama.
– Aí é mais caro.

O microconto anterior é de minha autoria. Mas na antologia *Os cem menores contos brasileiros do século*, organizada por mim, assinei com outro nome.

•

Perguntaram a Dalton Trevisan por que ele não dá entrevistas.

•

Quem você pensa que é quando está pensando?

•

Não acenda incensos na hora de escrever.

•

Não existe escritor fantasma. O que existe é leitor fantasma.

•

Espere pela inspiração chupando uma manga.

Quando o romance estiver bloqueado, leve o seu personagem para tomar uma cerveja.

•

Se ele não bebe, desista dele.

•

É só morrer que já estão de olho na cadeira (de rodas) do escritor.

•

Se existe vida após a morte, de que adianta se matar?

•

Era uma carta de suicida muito mal escrita.

•

Quando disserem que você escreve uma "prosa poética" estão, na verdade, querendo dizer que você escreve uma "prosa patética".

O amor estraga qualquer romance.

•

Livro dedicado aos pais é o tipo de livro de que só eles vão gostar.

•

A pior crítica que eu recebi era muito elogiosa.

•

Fiquem com *A montanha mágica*. Eu fico com Sidney Rocha.

•

Ninguém gostava do título *Angu de sangue*, meu livro de contos. Resolvi perguntar para João Alexandre Barbosa, que argumentou: "é um título bom porque não é calmo. Nunca comece calmo."

•

Já tenho o título para a tradução do *Angu de sangue* em inglês: *A good sundae*. Para *Nossos ossos*: *One's bones*.

Não gosto de escritores que ficam falando de suas traduções em inglês.

•

Também não gosto de edições bilíngues.

•

Coitadas das palavras que vivem sempre acompanhadas.

•

Ilha. É o nome da minha gata.

•

Reze o que você escreve. Leia como se rezasse.

•

Luiz Vilela lê todos os seus contos em voz alta. E diz que o melhor lugar para ler é atrás da geladeira.

Algumas palavras ficaram embaixo do gelo.

•

– Que dia é hoje?
– Hoje.

•

Perguntei para Adriana Falcão qual o segredo para se fazer um bom diálogo. Ela disse que é só não responder a uma pergunta.

•

Antônio Conselheiro deveria ser canonizado.

•

O papa é um escritor de autoajuda.

•

Ela disse que toda vez que coloca a palavra "felicidade" em um título de um livro, o livro vende mais.

Eu sou pobre de felicidade.

•

"podia ser muito feliz / se não fosse / muito infeliz".

•

Para terminar, essa epígrafe, acima, de Adília Lopes.

•

Conto = Antes
Crônica = Durante
Romance = Depois
Poesia = No fim de tudo

•

Não falem deste livro pelas minhas costas.

ENSAIO FINAL
SOBRE TUDO ISTO

A pipa

foi cortada ao meio por outra linha atingida
era a mais colorida ao sol o cerol.

O menino viu e escapuliu com sorte foi o primeiro a correr atrás da pipa pelo rio.

Subiu nas águas como um milagre sem perder por um segundo de longe a imagem.

As águas nem pareciam podres o cheiro forte
nenhum esgoto de verdade corre.

Correu e atravessou o muro e nem sentiu o
duro do tijolo sem retoque exposto.

O arame não era farpado jamais foi feito para rasgar a camisa do time um timaço.

Pegou a bicicleta do outro lado e a pipa voando cruzando o viaduto entre os carros.

Nada de ciclista morrer atropelado os motoristas pararam em silêncio para ver.

O menino se espremer no encalço da linha no horizonte que voava em direção ao trem.

Entrou descalço por dentro do buraco da catraca o guarda achou tanta graça.

O menino via pela janela do metrô a pipa que viajava a multidão nem apertou.

Abriu passagem o moço a moça o gordo a gorda o destino sem porta na cara.

A pipa já se encontrava do outro lado da cidade na avenida mais movimentada.

O povo voltando do almoço nem aparentava ter fome aquele povo que trabalha.

Parava o boy parava a motocicleta parava a galera para torcer pelo jogo.

Divertido olhar o menino na frente dos caixas eletrônicos saltar tão esperançoso.

A pipa no cinza por cima dos prédios todos os helicópteros deram um tempo.

O menino sabia que o vento logo o ajudaria e a pipa estaria em suas mãos.

Por enquanto ela ainda soprava no fôlego pelas praças e lojas em liquidação.

Mais rápido seria aqui pela sorveteria lá ele ia pelo estacionamento do supermercado.

Entraria sem problema na livraria onde nunca se entra o menino entrou.

Pela vidraça notou que a pipa dobrou agora uma rua pequena sem ar perdendo a força.

Já estava distante de casa mas o mundo era uma casinha só a mesma Freguesia do Ó.

O porteiro deixou o menino subir o elevador nem precisou tocar a campainha.

Entrou sem pedir por favor invadiu a minha sala de escritor na varanda a pipa parada.

Está vendo para com isto parça levanta a vista nem tudo neste livro que voa pela página é bala

perdida.

É O **FIM.**

Esta foi uma obra de ficção.

Embora tenha sido
um livro de ensaios.

Marcelino Freire nasceu no ano de 1967, em Sertânia, Pernambuco. Vive em São Paulo desde 1991. Em 2004, idealizou e organizou a antologia *Os cem menores contos brasileiros do século* (Ateliê Editorial). É autor de *Angu de sangue* (Ateliê Editorial, 2000), *Contos negreiros* (Prêmio Jabuti, Editora Record, 2005), *Rasif* (Editora Record, 2008), entre outros. Em 2013, lançou *Nossos ossos*, também pela Editora Record, vencedor do Prêmio Machado de Assis da Biblioteca Nacional.

SUMÁRIO

Ensaio inicial sobre a poesia, 17
para a poeta e guerreira Rejane Barcelos

Ensaio sobre a merda, 27

Ensaio sobre xs outrxs, 33

Ensaios de ficção, 41

Ensaio sobre a prosa, 57

Ensaio sobre a televisão, 69

Ensaio sobre o futuro, 75

Ensaios de ficção II, 81

Ensaio sobre a educação, 89
para as professoras Paula Beatriz e Rita Couto

Ensaio sobre a dança, 103
para Kleber Lourenço e Rui Moreira

Ensaio sobre o teatro, 109
para Gero Camilo

Ensaios de ficção III, 115

Ensaio sobre a civilização, 123

Ensaio sobre o prazer, 127

Ensaio sobre o dinheiro, 135

Ensaios de ficção IV, 141

Ensaio final sobre tudo isto, 149

Este livro foi composto na tipologia Minion Pro,
em corpo 11,8/16,3, e impresso em
papel off-white no Sistema Cameron da
Divisão Gráfica da Distribuidora Record.